DANGEREUX

LE RANCH DES LOUPS
TOME 10

RENEE ROSE

VANESSA VALE

Règle N° 10 de la meute :
Garde le contrôle sur ton loup intérieur.

Je vis seul dans la montagne pour une bonne raison.
Je suis dangereux : trop fort, trop agressif, trop proche de l'état sauvage.
Mais voilà qu'*elle* apparaît, avec ses courbes voluptueuses, sa voix sensuelle et un parfum qui rend mon loup complètement dingue.
Une magnifique créature humaine, qui sert des boissons au Cody's Saloon et cache un passé bouleversant derrière son sourire.
Dès que je sens son odeur, je sais qu'elle est à moi.
C'est ma compagne. Celle qui est faite pour moi.
Mon loup surgit pour la revendiquer. Mais elle vient d'échapper à un ex possessif qui essayait de faire taire sa musique, sa voix, son âme même. Mes instincts d'alpha sont tout ce qu'elle redoute : je suis possessif. Dominant. Envahissant. Et elle est terrifiée à l'idée de perdre à nouveau sa liberté.
Je me suis retenu toute ma vie. Avec la meute. Avec ma force. Avec la folie qui coule dans mes veines.
Mais je ne me retiendrai pas avec elle. Pas quand elle est ma raison d'être.
Je la protégerai. Je la comblerai. Je rendrai sa musique au monde.

Et si elle me le permet, je la ferai mienne,
complètement.
Même si je dois pour cela révéler toute la part sombre
et dangereuse de ma personnalité.

1

BOONE

Elle était là.

Une odeur dans la foule mit mon loup en alerte. Ce délicieux parfum féminin avait des notes de miel et de pêche. Je n'avais pas su que j'aimais cette odeur avant aujourd'hui.

Ma compagne.

On disait qu'on reconnaissait sa compagne dès qu'on sentait son odeur, mais il était difficile d'imaginer comment ce que cela ferait. C'était incroyable. Et frustrant. Je n'avais jamais ressenti cette sensation. Je n'avais jamais cru que cela m'arriverait, car j'avais vécu tant d'années dans une grande ville.

C'était ironique, car il y avait eu beaucoup plus de monde qu'à Cooper Valley.

Maintenant, je comprenais. C'était comme si un interrupteur s'était enclenché et qu'il était impossible de le désactiver.

Mon cerveau me disait que cela n'avait aucun sens. Rien ne pouvait s'interposer entre un métamorphe et sa compagne, pas même la logique et la raison. Elle était à moi, où qu'elle soit.

Je pris une grande inspiration et mon sang afflua vers mon sexe.

Putain. Je bandais instantanément à cause d'une odeur.

À cause d'une compagne que je n'avais encore jamais vue. Heureusement, j'étais descendu de la montagne pour livrer ce chargement de bois de chauffage à Cody, ce qui m'avait obligé, moi, à venir au bar récupérer le paiement en personne.

Où était-elle ?

Qui était-elle ?

Je scrutai la foule, tel un chasseur à la recherche de sa proie. J'étais sûr que mes yeux avaient changé de couleur, s'étaient aiguisés comme d'habitude lorsque mon loup prenait le dessus. Mon nez se concentra sur cette odeur de miel, mais la foule du samedi qui se pressait dans Cody's Saloon ne permettait pas de distinguer d'où elle provenait.

Où donc était-elle ?

Les femmes se balançaient au rythme de la musique country, toutes vêtues de tenues légères qui attiraient le regard, malgré le temps froid et les amas de neige à l'extérieur. Les hommes étaient encore plus nombreux à se presser autour d'elles, dansant de plus en plus près, dans l'espoir de pouvoir conclure avant la fin de la soirée. Beaucoup d'entre eux y parviendraient. J'espérais que ce serait aussi mon cas.

Mais leurs objectifs sexuels n'avaient aucune importance pour moi et mon loup. Il était préférable qu'ils dégagent de mon chemin, car l'une de ces femmes ici présentes m'appartenait.

Je me frayai un chemin à travers la foule, essayant de suivre son odeur. Le choc que j'avais ressenti lorsque je l'avais sentie pour la première fois m'avait presque fait me transformer sur place, au beau milieu du Cody's Saloon, entouré d'une bande d'humains qui auraient complètement flippé.

J'avais trente-huit ans. Putain, j'avais renoncé à l'idée de trouver ma compagne dès que j'avais quitté la ville pour aller à l'université. Oui, moi, à l'université Columbia. À seize ans. J'avais déjà atteint ma taille adulte à l'époque et j'avais refusé d'envisager de me battre avec Rob Wolf pour devenir l'alpha à la mort de son père. J'avais failli tuer mon père lors de cette dispute et j'avais fui, la queue entre les jambes, aussi loin que possible du territoire de la meute, jusqu'à New York et l'université.

Mon départ avait été la meilleure solution pour tout le monde, métamorphes comme humains, car j'étais un connard acariâtre même quand j'étais de bonne humeur. Sauf que, quelques années plus tard, j'avais quitté New York aussi vite que j'avais quitté Cooper Valley. J'étais passé de gestionnaire de fonds de placement, un job très chic, à bûcheron solitaire, car peu importait où je vivais ou ce que je faisais, j'étais toujours source de problèmes. Je passais mes journées dans les bois. Je gagnais ma vie en coupant des arbres. Je n'avais pas de collègues, pour une bonne raison. Pas de discussions autour de la machine à café. Bon sang, je ne savais plus comment socialiser, et cette visite en ville l'avait clairement démontré. Mais maintenant, j'étais obsédé par l'idée de trouver la personne avec laquelle je passerais le reste de ma vie.

Elle.

Avec le souvenir de son odeur gravé à jamais dans mon lobe frontal, je me sentais presque sauvage. Je sentais que mes canines commençaient à pousser, prêtes à trouver, mordre et baiser.

Si je ne la trouvais pas et ne la marquais pas rapidement, je risquais de perdre le contrôle, et cela serait très fâcheux. Le fait de rester dans ma cabane ne garantirait plus ma sécurité ni celle de quiconque. Je deviendrais lentement fou et finirais par perdre la raison.

Je devais la trouver. Je devais la posséder. Je devais la faire mienne. Sinon, il faudrait m'abattre.

Je contournai la piste de danse, mais je ne retrouvai pas son parfum.

Je ne savais pas danser. Bon sang, je n'aimais même pas vraiment les gens, et encore moins les foules. Et puis merde. Je me frayai un chemin à coups de coude jusqu'au centre de la foule, tel un taureau enragé. Je dépassais presque tout le monde d'une tête, même les types qui portaient des Stetsons, et mon besoin intense de retrouver ma compagne me rendait agressif. Comme si les gens sentaient le danger, la foule s'écarta pour me laisser passer.

Mais toujours pas de compagne.

Mais où était-elle, BORDEL ?

Je jetai un regard affolé vers la porte. Et si elle était en train de partir, que son parfum flottait encore dans l'air, mais qu'elle était déjà partie ? Et si j'avais *raté la chance* de rencontrer ma compagne ? Et si elle était partie, à l'extérieur, et que je ne la retrouvais jamais ?

Je grognai, le grondement profond de ma poitrine se faisant entendre malgré la musique par ceux qui se trouvaient à proximité.

Je traversai la piste de danse en sens inverse, sans me soucier de heurter les gens sur mon passage, et me frayai un chemin à travers la salle principale du bar vers la porte d'entrée.

Cody remarqua mon air renfrogné lorsque je

passai derrière le bar et haussa un sourcil interrogateur, mais je l'ignorai, lui et son expression. Je n'allais pas lui causer de problèmes, ni à lui ni à ses clients, si c'était ce qu'il se demandait, si personne ne se mettait en travers de mon chemin.

J'avais juste besoin de ma compagne. Maintenant.

Je poussai brusquement la porte et sortis sur le trottoir. Je pourrais mieux sentir son odeur dehors, où il y avait moins de parfums pour brouiller les pistes.

Je levai le nez dans l'air froid. Il faisait sombre, les lampadaires donnaient une lueur blanchâtre qui rendait les tas de neige sur le trottoir encore plus brillants.

Non. Elle n'était pas venue ici récemment.

Il était tombé trente centimètres de neige la nuit précédente, mais le trottoir était sec et dégagé. J'aurais dû avoir froid, mais... non. Mon sang bouillonnait. Tout particulièrement à présent.

Je retournai à l'intérieur et trouvai l'espace exigu et soudainement très étouffant. Je balayai une nouvelle fois la grande salle du regard. Elle n'était pas sur la piste de danse. Ni près du taureau mécanique. Ni au bar.

Si elle n'était pas dans cette zone, alors... peut-être était-elle dans les toilettes ?

Je contournai les tables hautes en trébuchant sur Rand, un ami loup.

— Salut, Boone. Ça me fait vraiment plaisir de te

voir. Tu es descendu de la montagne ! Natalie et moi apprécions beaucoup le nouveau lit.

Il me donna une tape sur l'épaule et sembla à la fois ravi et stupéfait. Je ne me montrais en ville que pour faire mes courses ou me rendre à des rendez-vous indispensables, et c'était rare.

— Bien, marmonnai-je en passant devant lui pour me diriger vers les toilettes et la réserve.

Lui et sa nouvelle épouse Natalie, une humaine, avaient voulu quelque chose de spécial, alors j'avais trouvé l'arbre parfait, je l'avais abattu et donné à mon frère Roy pour qu'il opère sa magie de menuisier et le transforme en lit. Je l'avais coupé. Il avait construit le lit. Tout le monde avait été satisfait.

— OK, ravi de t'avoir croisé, me lança-t-il en riant.

Nous nous connaissions depuis des années et, heureusement, il ne s'offusqua pas de mon impolitesse. Je savais que je ne comportais pas correctement. Mais je m'en fichais.

Quand je lui expliquerais pourquoi je me comportais encore plus que d'habitude comme un crétin, il comprendrait.

Vers l'arrière du bâtiment son odeur se renforça. Oui !

Quelque chose en moi se détendit et s'agita en même temps. Ma bite remua, mon loup se mit à rôder, impatient.

Compagne.

À moi.

Revendiquer.

Je pris une profonde inspiration pour me calmer, mais cela eut l'effet inverse, car je sentis encore plus son parfum de miel. Putain, ça sentait tellement bon.

J'arrive, ma compagne.

Je faillis me transformer à nouveau. Un frisson presque canin parcourut mon corps alors que j'essayais de me contrôler. N'importe quel humain aurait pensé que j'avais froid. Mes canines continuaient de s'allonger, comme si mon loup allait la marquer dès qu'elle sortirait des toilettes.

Ce n'était probablement pas la meilleure chose à faire. Cela s'était déjà produit – j'avais entendu parler de femmes qui avaient été marquées au beau milieu des jeux d'accouplement, dès que leur compagnon les avait trouvées – mais je devais essayer de faire preuve de plus de finesse.

D'abord, j'allais lui offrir un verre.

Flirter un peu.

Ha ! Personnellement, je n'étais pas doué pour la finesse et le flirt. Bon sang, j'étais carrément nul dans ces deux domaines.

J'étais plutôt du genre à la ramener chez moi, la baiser bien fort et enfoncer mes dents dans sa chair tendre au goût de miel. J'étais aussi un métamorphe qui avait tabassé son propre père et l'avait laissé pour mort. Quoi qu'il en soit, je n'avais aucune idée de ce que je faisais, surtout avec une femme, et guidé uniquement par mon loup.

Je tentai de paraître décontracté, adossé contre le mur blanc à côté des toilettes pour femmes, et fixai du regard une photo historique encadrée. J'avais aidé Cody à installer les lambris en bois ici lorsqu'il avait rénové le saloon quelques années plus tôt. J'avais moi-même coupé et taillé le pin dans les bois entourant le Wolf Ranch pour les boiseries et le parquet, et j'avais même trouvé des planches de bois recyclées pour les touches décoratives et les finitions.

Il semblait tout à fait approprié que je trouve ma compagne ici même, dans le bar de mon compagnon de meute, après avoir vécu à New York. Que je la trouve près d'où j'habitais.

Impatient, je tapai du pied sur le sol avec ma botte en cuir. Elle ne sortait pas. Combien de temps les femmes passaient-elles aux toilettes, au fait ? Que pouvaient-elles bien faire d'autre que pisser et se laver les mains ?

Plusieurs femmes étaient entrées et sorties pendant que j'attendais, mais ma compagne ne sortait toujours pas.

Une vague d'agressivité m'envahit à l'idée de la manquer une fois de plus. Avant même de pouvoir réfléchir ou me retenir, je levai mon bras musclé et frappai à la porte, puis la poussai pour l'ouvrir et entrai en tapant des pieds.

— Hé ho ? C'est les toilettes des femmes !

Une femme qui se maquillait devant le miroir me jeta un regard noir, puis écarquilla les yeux lorsqu'elle prit une seconde de plus pour m'observer attentivement. J'étais grand, vraiment très grand, et cela la fit réfléchir à deux fois avant de me dire de partir. Je détestais la façon dont elle me regardait. Comme si j'étais vraiment sauvage. Comme si elle avait peur que je lui fasse du mal.

Je ne lui aurais jamais fait de mal, à elle ou à aucune autre femme, mais elle ne le savait pas. Surtout lorsque j'étais à la recherche de ma compagne.

Je l'ignorai parce qu'elle n'était certainement pas ma compagne, je levai le nez et reniflai.

Putain ! Elle n'était pas là !

Je fis demi-tour et repartis dans le couloir au moment où une petite serveuse blonde sortit de derrière le bar avec un plateau chargé de bouteilles de Bud Lite et de Mountain Man Scotch Ale. L'odeur de la bière me frappa d'abord, puis je sentis son parfum sucré.

C'était elle ! Bon sang, elle était tellement parfaite. Minuscule. Tout le monde était minuscule à côté de moi. Elle m'arrivait probablement à l'épaule, et sa taille était aussi fine que ma cuisse. Merde, elle était fragile. Susceptible de se briser. Ses cheveux suivaient la ligne de sa mâchoire et sa frange tombait sur son front. Ces cheveux étaient du plus joli blond miel, assortis à son parfum. Et ses yeux bleus contrastaient joliment avec ses cheveux. Sa bouche était petite, mais pulpeuse, et quand elle adressa un sourire à un client... j'aurais voulu qu'il soit destiné à moi et à personne d'autre.

En fait, j'avais envie d'aller vers eux et d'arracher la tête du type avec qui elle discutait. Même si je doutais qu'il soit en train de lui demander son numéro pendant qu'il tapait sur le terminal de paiement.

Bon sang, il avait intérêt à ne rien faire. Peu importe. Ces sourires seraient bientôt pour moi.

Je me léchai les lèvres, car dans son tee-shirt de bar et son jean, je ne pouvais pas manquer de voir ses courbes. Elle était bien proportionnée, mais il ne faisait aucun doute que je pourrais tenir un de ses seins dans ma paume. Je pourrais facilement enserrer sa taille avec mes deux énormes mains, aussi grandes que des assiettes. Je...

— Waouh, attends, dis-je lorsqu'elle s'apprêta à passer devant moi.

Je me précipitai vers elle, lui pris le plateau d'une main et passai mon bras libre autour de sa taille pour la serrer contre moi. Oui, elle était minuscule. Mais douce. Chaude. Parfumée.

Elle poussa un petit cri de surprise lorsque ses fesses moelleuses heurtèrent mes cuisses musclées. Mes canines s'allongèrent et tous les muscles de mon corps tremblèrent comme un ressort prêt à se détendre. Je baissai mon nez vers ses cheveux soyeux et inspirai profondément.

Une odeur de paradis, putain de merde.

Il n'y avait absolument aucun doute. C'était ma compagne. Je la tenais dans mes bras. Je pouvais la jeter par-dessus mon épaule. La sortir de là. L'emmener dans ma cabane, la marquer et la garder pour toujours.

À moi. *À moi.* À MOI.

— Hé ! Lâche-moi ! cria-t-elle.

Il me fallut une seconde pour comprendre qu'elle se débattait pour se libérer et que le ton de sa voix ne correspondait pas à un orgasme, mais à la panique. Bien sûr, elle paniquait parce qu'un type brut de décoffrage venait de l'attraper. Bon sang, j'aurais frappé n'importe quel connard ici qui aurait osé faire la même chose.

Merde. Je la relâchai immédiatement. Alors qu'elle se retournait vers moi, je sentis à la fois sa colère et sa peur.

Ce fut alors que je réalisai autre chose à partir de son odeur. Quelque chose que j'aurais dû remarquer plus tôt : elle était humaine.

Ma compagne était humaine.

Bon sang.

Cela la rendait encore plus fragile. Plus vulnérable. J'étais énorme. Je pouvais lui faire du mal.

Endommager sa perfection. Je devais faire attention. Me retenir. La protéger.

Merde. Je venais pratiquement d'agresser une femme humaine qui n'avait aucune idée de ce qui clochait chez moi. Elle ne pouvait pas me reconnaître à mon odeur comme une louve.

Elle ne comprenait pas ma revendication ni pourquoi je l'avais attrapée.

Elle pensait probablement que j'étais un crétin de bas étage qui se croyait en droit de tripoter les serveuses.

Je clignai des yeux, réalisant qu'ils avaient probablement changé de couleur et qu'ils révélaient mon loup intérieur.

— Désolé, dis-je en levant ma main libre devant moi.

Son visage, qui était devenu pâle, rougit à présent tandis que son regard parcourait mon imposante silhouette de haut en bas. À ma grande surprise, elle ne paniquait plus. Elle ne s'enfuyait pas en hurlant.

Dieu merci.

Elle resta debout, me regarda longuement et... aimait-elle ce qu'elle voyait ? Putain, j'espérais que oui. Je n'avais jamais autant douté en moi.

Elle mit une hanche en avant, faisant semblant d'être une dure à cuire, mais son doigt tremblait lorsqu'elle le pointa vers le plateau de bières que je tenais dans ma main. Elle s'enflammait. J'adorais ça. Elle était peut-être petite, mais elle n'était pas faible.

— Rends-moi mon plateau.

Mon esprit cherchait frénétiquement une excuse. Quelque chose pour expliquer pourquoi je venais de l'attraper et de lui prendre son plateau. Putain, ça sautait aux yeux. Je n'avais aucune finesse. J'avais tout foutu en l'air dès la première seconde où je l'avais vue.

— Je suis désolé, je... je t'ai confondue avec quelqu'un d'autre.

Je tentai de ne pas grogner, car c'était le plus gros mensonge qui soit. Je savais, pour la première fois et avec une certitude absolue, qu'elle était exactement la personne que j'avais cherchée toute ma vie.

Non, bon sang ! C'était idiot d'avoir dit ça. Maintenant, elle allait penser que j'étais un coureur de jupons. Ou que j'avais une petite amie. Ou que je ne m'en prenais qu'à un certain groupe de femmes pour les malmener.

Je secouai la tête et me souvins : *flirt et finesse*. Je soupirai.

— Ce n'est pas ce que je voulais dire. C'est juste que, euh... honnêtement ? Je t'ai vue et j'ai tout de suite su que tu étais la femme de ma vie, dis-je en me passant les doigts dans les cheveux, ce qui trahissait mon anxiété.

Voilà. C'était mieux. Romantique, même. Les

femmes humaines étaient toutes sensibles au romantisme.

Elle pencha la tête en arrière pour me regarder dans les yeux – j'étais beaucoup plus grand qu'elle, non pas parce qu'elle était petite, mais parce que j'étais foutrement grand. Elle fronça les sourcils et ses magnifiques yeux bleus se plissèrent en me regardant.

Bon, le flirt ne semblait pas fonctionner.

Bon sang, je voulais la toucher à nouveau. Je devais la sortir de ce bar bondé et lui parler seul à seul.

Ses lèvres en forme de nœud papillon se serrèrent en une ligne fine.

— Tu vas être déçu, rétorqua-t-elle en posant sa main sur sa hanche. Le plateau ?

Elle avait aussi du caractère. Putain, oui.

Le plateau. Quel plateau ? Je suivis son regard jusqu'à ma main, où son plateau à cocktails était toujours en équilibre. Oh, merde ! Au moins, je n'avais pas renversé les boissons dans mon empressement à sentir son odeur.

— Je vais le porter pour toi, dis-je par-dessus les cris de la foule lorsqu'une chanson très populaire commença.

Je me penchai pour qu'elle puisse m'entendre, car ce n'était pas une métamorphe avec des oreilles de loup et une ouïe incroyable.

— Où allais-tu ?

Quand elle comprit que j'étais sérieux, elle regarda par-dessus son épaule où Cody se trouvait derrière le bar.

Putain. Elle pensait qu'elle avait besoin d'aide. Pour s'éloigner de *moi*.

Son compagnon.

Comment avais-je tout fait foirer ?

Je me creusai la tête pour trouver quelque chose à dire afin de réparer tout ça. Les relations sociales, qu'il s'agisse de métamorphes ou d'humains, n'étaient pas mon fort. Je n'étais pas quelqu'un de sociable. J'étais quelqu'un qui aimait les arbres. La nature. La montagne.

Je n'aurais jamais pu être le chef d'une meute de loups comme mon cousin Rob, malgré ce que mon père avait souhaité. Je vivais dans les montagnes, loin de Cooper Valley et du reste de la meute, pour une bonne raison. Loin des gens et des situations embarrassantes comme celle-ci. Cela évitait également aux gens d'être victimes de mon imprudence. Je pouvais être dangereux.

Je faisais de mon mieux pour être charmant, j'essayai même de sourire.

— Je t'échange le plateau contre ton nom.

Elle leva les yeux au ciel comme si c'était la troisième fois de la soirée qu'elle entendait quelque chose de similaire. Même si je ne voulais pas avoir à lui prouver quoi que ce soit, car elle était à moi, ça me plaisait qu'elle ne se laisse pas marcher sur les pieds par les hommes.

Cody traversa le bar pour venir vers nous. Il posa ses mains sur la surface lisse et brillante et dit :

— Merci d'avoir apporté ce bois. Ma réserve pour le poêle commence à s'épuiser. Je... Que se passe-t-il, Boone ?

Putain, merci, j'avais trouvé ma compagne ici, dans un bar appartenant à un autre métamorphe et membre de la meute, plutôt que dans une épicerie où elle aurait pu me jeter des boîtes de conserve à la figure.

— Je...

Je devais admettre que j'avais besoin d'aide. Peut-être que Cody pourrait me donner un coup de main.

— Tu travailles ici maintenant ? demanda-t-il, alors que je cherchais mes mots. Sinon, redonne le plateau. J'ai des clients assoiffés, ordonna-t-il avec un sourire en coin.

J'étais ravi, car j'avais besoin qu'on me dise quoi faire ici. Je tendis le plateau à ma compagne, savourant le contact de nos doigts lorsqu'elle me le prit des mains.

Alors qu'elle se retournait et s'éloignait rapidement dans la foule sans même un regard en arrière – un comble, elle n'avait aucun scrupule à abandonner son compagnon – , je m'inquiétais pour elle. Je ne pouvais pas la protéger si je ne pouvais pas la voir dans ce zoo. Mais Cody ne l'aurait pas laissée – ni elle, ni aucune femme – travailler ici s'il pensait qu'elle était en danger.

Je me concentrai donc sur Cody au lieu de la suivre. Je dus faire un effort pour faire fonctionner ma bouche correctement tandis que je posais mes avant-bras sur le bar et avouais :

— C'est... ma...

— Compagne, termina Cody d'un ton neutre. Putain, oui, ton loup se montre, dit-il en désignant l'un de ses yeux, puis le mien.

Il sourit, et je baissai la tête entre mes épaules, clignai plusieurs fois des yeux, essayant en vain de maîtriser mon loup. Cela allait être une tâche impossible dans un avenir proche.

— J'ai besoin d'elle, dis-je d'une voix rauque lorsque je relevai la tête.

Je me sentais foutrement mal depuis qu'elle était partie. Comme si j'allais me transformer et mettre cet endroit sens dessus dessous si je ne la retrouvais pas dans mes bras dans les dix secondes. Mon cœur battait à tout rompre, ma tension devait être au plus haut. J'avais les poings serrés. Ma bite palpitait. Mon loup rôdait et hurlait de frustration.

Je perdais la tête.

Cody secoua la tête. Il tendit le bras par-dessus le

bar et posa fermement sa main sur mon épaule. Il serra, me regarda dans les yeux avec un air sérieux, puis dit :

— C'est vraiment malheureux, Boone. Tu ne peux pas l'avoir.

2

SUMMER

Mes genoux flageolaient alors que je me frayais un chemin à travers la foule pour apporter les bières. Mes mains tremblaient, et j'essayais de ne pas tout renverser et foutre le bazar comme si c'était mon premier jour de travail.

Bon sang, ce type était énorme. Ses mains étaient aussi grandes que des gants de baseball, et ses bras musclés m'avaient donné l'impression d'être enlacée par des câbles d'acier. Il sentait le pin et l'air de la montagne et grognait comme un ours. Il était aussi grand d'ailleurs.

Je ne me trouvais pas magnifique, mais les hommes me draguaient tout le temps, surtout ici, vu que je travaillais chez Cody. Peut-être pensaient-ils que ce serait plus facile de conclure avec une serveuse ? Mais ce type était différent. Il y avait plus que sa taille, sa présence. Son énergie était intense. Cela me fit immédiatement me demander s'il était plus imposant *de partout*.

J'étais à la fois excitée et terrifiée, car pourquoi mon esprit allait-il dans cette direction ?

Mon Dieu, mes tétons pointaient et frottaient contre mon soutien-gorge, ce qui n'avait aucun sens.

Je n'arrivais pas à croire qu'il m'avait vue passer et m'avait attrapée comme si je lui appartenais ! Quel culot ! Quelle arrogance de la part de ces mâles alpha.

Il était exactement comme Marty, agissant comme si les femmes étaient des biens qu'on pouvait simplement acquérir. Des objets de collection qu'il n'allait partager avec personne. Comme s'il m'avait possédée. Attrapée et gardée juste pour lui. Comme quelque chose qu'on mettrait en hauteur sur une étagère, loin des autres.

Je t'ai vue et j'ai tout de suite su que tu étais la femme de ma vie.

Pas génial comme plan drague, mon vieux. Cela m'avait immédiatement fait penser à Marty, car il m'avait dit quelque chose de similaire lorsque nous nous étions rencontrés pour la première fois, il y avait toutes ces années. À l'époque, j'avais été naïve et je l'avais cru. J'étais plus avisée maintenant.

Même si, pour la défense de ce grand gaillard, il n'avait probablement pas besoin d'utiliser de telles phrases. J'aurais parié que la plupart des femmes regardaient ce bûcheron sexy et barbu et lui agitaient leur culotte en signe de reddition. Avant Marty, j'aurais peut-être été tentée, car n'importe quelle femme sensée l'aurait trouvé irrésistible.

Mais maintenant, je savais à quel point les hommes comme lui pouvaient être jaloux et possessifs. Ils pensaient qu'on leur appartenait. Qu'on était un objet. Ils avaient besoin de nous contrôler. De nous *posséder*. Ils étaient habiles pour nous attirer dans leur piège, et une fois qu'on était prise, ils faisaient en sorte qu'on perde tous nos amis et tous nos moyens de se défendre et finissaient par devenir violents.

Le harcèlement psychologique était leur spécialité. En plus de m'isoler et de me séparer de mes proches et amis, il m'avait fait douter de moi-même, de tout ce que je disais, de tout ce que je faisais, et même, comme maintenant, de tout ce que je pensais.

Avais-je fait quelque chose de spécial pour attirer son attention ? Était-ce ma faute parce que je portais...

NON ! Je devais arrêter de penser ça. Je n'avais rien fait de mal, et il avait passé son bras autour de ma taille.

Un frisson me parcourut l'échine à l'idée qu'un homme de *sa* taille puisse devenir violent. Je n'aurais eu aucune chance de m'en sortir. Je serais morte, tout comme avec Marty si je ne lui avais pas échappé à temps.

Je servis les boissons sur mon plateau et pris de nouvelles commandes, le sourire tremblant et figé, le cœur battant toujours la chamade dans ma poitrine.

J'étais en sécurité ici. Cody, le propriétaire, le connaissait. Il l'appelait Boone.

De plus, Natalie et Rand étaient là ce soir. Je les avais repérés dans la foule et je leur avais fait signe, même s'ils avaient fini dans la zone d'une autre serveuse. Ils ne laisseraient rien m'arriver non plus. Je savais que *Rand* veillerait sur moi.

Je pris une profonde inspiration. Expirai. Puis recommençai.

J'étais en sécurité. Totalement en sécurité. *En sécurité.*

Marty n'était pas là. Ce type ? Ce n'était pas Marty, et je ne le connaissais pas du tout.

Alors que je retournais au bar, mon plateau chargé de quelques verres vides que j'avais trouvés en chemin, je ne pus m'empêcher de chercher du regard le grand gaillard, Boone. Non pas parce que je m'intéressais à lui. Non pas parce que j'avais peur.

Simplement parce que je ne cessais de penser à lui, à la chaleur et à la force de son bras autour de moi. À sa voix grave qui avait fait mouiller ma culotte... Oui, j'avais du mal à admettre que j'étais attirée par lui et que mon corps avait réagi si rapidement. C'était surprenant, car j'avais cru que Marty avait détruit ma libido. Je n'avais pas ressenti le moindre désir depuis longtemps et maintenant... tout à coup, avec M. Bûcheron ?

Je lui avais dit de me lâcher, et il l'avait fait. Immédiatement. Il s'était même excusé.

Il était différent de Marty, car il n'avait pas attribué ses actes au fait que je m'habillais de manière provocante, et qu'il ne pouvait pas s'en empêcher. Ou à mon rouge à lèvres trop voyant ou au fait que j'avais l'air de flirter avec un client.

Maintenant que je m'étais calmée, que j'avais compris que ce type n'était pas Marty – c'était assez évident physiquement, car Marty mesurait quinze centimètres de moins et pesait probablement cinquante kilos de moins – et je m'étais rappelée que mon ex était dans un autre fuseau horaire, je voulais observer davantage son visage. Car ce dont je me souvenais méritait un autre coup d'œil. Il était si beau.

Là. Mon cœur se mit à battre la chamade lorsque je balayai la pièce du regard et l'aperçus à nouveau. Il se tenait près du bar où je me rendis pour vider mon plateau et passer de nouvelles commandes à Cody. Je me préparai mentalement à une nouvelle tentative de sa part pour me « séduire » ou un truc similaire, mais il ne dit rien.

Il resta immobile, comme une statue, et m'observa. Je sentais son regard posé sur moi, mais rien de plus.

Pendant que je faisais mon travail, ramassant les serviettes et les pailles, en faisant semblant de ne pas remarquer la présence d'un beau géant barbu à côté de moi, je me dis que son immobilité était peut-être destinée à m'apaiser. Comme lorsqu'on bouge lentement pour calmer un cheval nerveux. Qu'au lieu de me faire peur par sa présence, il voulait silencieusement me faire comprendre que j'étais en sécurité avec lui.

Ou est-ce qu'il essayait de me donner un faux sentiment de sécurité ?

Je savais aussi ce que c'était. Baisser sa garde, puis...

— Summer !

Mon patron me fit signe de venir pendant qu'il servait rapidement des boissons à trois clients au bar.

Sa jeune femme, Riley, était assise devant lui avec des copines de son âge et semblait bien s'amuser. Elle avait quelques années de moins que moi, et il était évident que Cody était fou d'elle. Tout en s'occupant des clients, je le voyais souvent la regarder.

Je lui souris en m'approchant et sur le bar devant Cody, je déposai le ticket avec mes nouvelles commandes de boissons, afin qu'il puisse les préparer ensuite.

— Je suis désolé que Boone t'ait fait peur, me dit-il en secouant le shaker, puis en versant un martini bien frais dans un verre, qu'il garnit d'un cure-dent orné d'une olive.

Même si la plupart des clients commandaient de la bière ou des shots, il arrivait parfois que quelqu'un demande une boisson plus sophistiquée. Je savais qu'il ne préparait rien avec de petites ombrelles. C'était la règle du bar.

— Il vit en haut de la montagne et il a dû oublier les bonnes manières.

Je jetai un coup d'œil à Boone. Au milieu de la foule qui s'agitait, discutait ou riait autour de lui, il semblait figé dans le temps. Comme s'il avait été laissé dehors en plein hiver et s'était transformé en glace. Contrairement à lui qui semblait gelé, j'avais l'impression d'avoir chaud partout en le regardant. Il était tellement séduisant. Si je devais le décrire en un seul mot : robuste.

Ses cheveux étaient coupés courts sur les côtés et plus longs sur le dessus, et sa barbe, bien que fournie, était tout aussi soignée.

Ses épaules occupaient toute la largeur de la porte, et sa chemise à carreaux était tendue sur toute sa surface. Je le savais parce que j'arrivais à hauteur de sa poitrine et que j'avais regardé un des boutons. Il portait un jean usé et moulant, que Marty n'aurait jamais pu porter.

— Faut que tu saches que Boone est un gars parfaitement réglo, je me porte garant à cent pour cent pour lui, ajouta Cody en se penchant vers moi pour poser quatre shots de tequila sur mon plateau.

Même s'il était très occupé, il s'était arrêté, avait baissé le menton et m'avait regardé dans les yeux. Il avait soutenu mon regard. Je n'y avais vu aucun mensonge. Il ne m'avait jamais mal traitée, ne m'avait jamais menti. Il ne m'avait jamais appelée *chérie* ou *ma puce*. Je n'avais jamais eu de raison de ne pas lui faire confiance.

— D'accord.

S'il disait que Boone était réglo, cela signifiait que *Boone,* le géant imposant, était réglo. Quelque chose fit tilt en moi. Comme si le barrage en béton très solide que j'avais érigé entre la partie de moi qui avait été instantanément attirée par Boone et celle qui disait « hors de question » pour un autre crétin arrogant venait de se briser. Une chaleur envahit mon entrejambe parce que j'étais attirée par lui. Parce que j'avais reçu le feu vert de Cody.

Je ne savais pas pourquoi j'étais attirée par un type si grognon et si costaud qu'il aurait pu me casser comme une brindille. Marty n'avait pas été aussi costaud, loin de là, ce qui signifiait que mon instinct n'était pas terrible.

Mais... Cody était propriétaire d'un bar. Il voyait beaucoup d'hommes essayer toutes les techniques possibles pour séduire les filles. Il n'était pas une fille bourrée qui trouvait Boone sexy. Son jugement n'était pas faussé par le désir. La seule personne qui l'intéressait était Riley, je le voyais dans ses yeux.

Je jetai un autre coup d'œil furtif à l'homme gigantesque. Comment est-ce que ce serait d'être avec un homme aussi viril, aussi puissant ? Il était aussi grand qu'un arbre. J'aurais pu *grimper*.

Cette pensée rendit mes tétons encore plus durs.

Cela faisait des années que rien ne m'avait excitée – j'avais refoulé ma sexualité à cause de toutes les conneries que Marty m'avait fait subir. Boone avait réveillé quelque chose en moi. Comme si on avait ouvert un robinet ou actionné un interrupteur. Il m'avait fait *ressentir quelque chose.*

Mon désir était passé du mode « éteint » à « allumé ». Ma culotte était trempée.

Mais cela me semblait également dangereux. Ce désir instantané m'effrayait. Les choses avaient commencé ainsi avec Marty. Il avait semblé charmant. Confiant. Responsable. Séduisant, dans le sens où il avait eu l'air propre sur lui et pas du tout dangereux. Il avait été flic ! J'aurais dû me sentir en sécurité avec lui. Il m'avait attirée dans ses filets et m'avait passé la bague au doigt, et sans que je m'en rende compte, le vrai Marty avait pointé le bout de son nez et je m'étais retrouvée piégée, avec toute la police derrière lui.

Cody tapota le comptoir du bar avec ses jointures.

— Si tu voulais faire quelque chose avec lui... ... mais que tu te sentais nerveuse après ce que tu as vécu, je t'assure qu'il respectera toutes les règles que tu lui imposerais.

Mon attention se porta soudain sur lui en entendant ces paroles.

Attends... *si je voulais faire quelque chose avec lui ?*

Je me léchai les lèvres. Cody me suggérait-il littéralement d'avoir une aventure d'un soir ou une liaison avec Boone ? Me rassurait-il sur le fait que tout se passerait bien, que je serais en sécurité, et que je... quoi ? Que je fixerais les règles sur ce que nous ferions et comment nous le ferions ?

Est-ce que je voulais quelque chose ? Pourrais-je ressentir cette envie à nouveau ? Pourrais-je aborder le sexe d'une manière aussi simple et ludique que j'avais déjà vu faire d'autres femmes ce soir-là ? Elles avaient envie d'un mec ? Elles se lançaient.

Mon Dieu, oui. Cody me suggérait ouvertement d'*utiliser* ce type. Pour du *sexe*, je présumais. Ou alors, je pouvais l'utiliser pour déplacer une cargaison de bois. Soulever un piano. Ou une voiture.

Il semblait capable de faire tout ce que je pourrais lui demander sur le plan physique.

Est-ce que je voulais coucher avec ce grand gars baraqué ?

Lorsqu'il avait passé son bras autour de ma taille, cela avait été la première fois qu'un homme autre que Marty me touchait. Mon père n'avait pas été du genre à me faire des câlins. Marty non plus, mais lui, il m'avait touchée. Oh oui, vraiment.

Le geste de Boone avait été possessif, et c'était ce

qui m'avait effrayée, mais j'avais aussi senti qu'il voulait me protéger. Qu'il était différent. Comme si ces gros muscles n'allaient pas être utilisés contre moi, mais qu'ils allaient me protéger et prendre soin de moi.

Me garder en sécurité.

Je me léchai les lèvres et me posai la question. Est-ce que je pouvais laisser un homme comme Boone me toucher ? Est-ce que j'en avais envie ? Est-ce que je voulais sentir ses paumes rugueuses glisser sur ma peau ? La douceur de sa barbe sur l'intérieur de mes cuisses ? Sentir son sexe épais lorsqu'il s'enfoncerait en moi ?

Je me tortillai sur place en pensant à toutes ces choses très coquines. Soudain, le bar devint étouffant. Je voulais sortir, me jeter dans la neige et y dessiner des anges pour me rafraîchir.

Est-ce que j'avais envie de Boone ? Je levai les yeux vers l'homme en question. Oui. Oui, j'avais envie de cet homme.

La suggestion de Cody selon laquelle je pouvais donner des règles à cet homme clairement dominant signifiait que même s'il était nettement plus grand que moi, ce serait moi qui serais aux commandes.

Je pris les bouteilles de bière dont j'avais besoin, les ouvris, les posai sur mon plateau, puis ajoutai le verre de whisky, la vodka tonic et le whisky sour que Cody m'avait préparés.

J'avais envie de prendre ce verre et de le boire moi-même. J'avais besoin d'un peu de courage liquide. Je pouvais le faire. Je pouvais être une femme normale avec des désirs. Des désirs que Boone pouvait satisfaire, sans aucun doute.

Lorsque je sortis de derrière le bar, je m'arrêtai devant mon nouvel admirateur, qui m'avait regardée m'approcher avec ses yeux sombres très intenses. Des yeux sombres qui ne m'avaient pas quittée depuis mon arrivée au bar.

— Je m'appelle Summer.

Je pointai mon doigt vers son visage. Je me lançai.

— Première règle : pas de contact physique sans permission.

3

BOONE

Putain, oui.

Elle m'avait donné son nom. Elle avait établi une règle.

Comme tous les métamorphes, j'avais une ouïe extrêmement fine, mais le bar était bondé. Et bruyant. Cody avait dû lui dire quelque chose pour la rassurer à mon égard. Je lui devais une fière chandelle. Mais putain, mon loup avait failli sortir et hurler quand il m'avait dit qu'elle était mariée.

Mariée ! Revendiquée par un autre humain selon des lois qui n'avaient aucune signification pour les métamorphes.

Il avait dit qu'elle était mariée, mais que la

procédure de divorce était en cours. Qu'il n'y avait aucune chance qu'elle retourne avec cet homme. Cody m'avait dit qu'elle logeait chez Rand et Natalie, à côté du Wolf Ranch. Je devais admettre que cela me rassurait de savoir qu'elle était sous ce toit, où elle serait protégée par un membre de la meute.

— Summer.

Cela sortit comme un grognement, mais j'aimais prononcer son nom. Putain, j'avais l'air d'un gros lourdaud plutôt que d'un type avec un Master en administration des affaires et une brillante carrière à Wall Street derrière lui.

Ma compagne s'appelait Summer, comme la plus belle saison de l'année dans le Montana. Ce nom était aussi beau qu'elle.

Je tendis la main, mais je la posai à plat sur le comptoir plutôt que de lui prendre la sienne, essayant toujours de lui montrer que je n'étais pas dangereux – un défi de taille pour un homme mesurant deux mètres et pesant cent quinze kilos.

Et j'attendis. Tant qu'elle était devant moi, je pouvais attendre toute la nuit.

Elle avait observé ma main un instant, puis avait posé son plateau sur le comptoir. Je remarquai immédiatement que sa main tremblait lorsqu'elle la plaça dans la mienne. Ses yeux étaient gris-bleu, comme le ciel avant un orage, et quelque chose dans sa silhouette élancée et sa poitrine ferme me fit penser qu'elle avait traversé beaucoup d'épreuves.

Peut-être que le divorce avait été difficile pour elle.

Putain, j'espérais qu'elle n'avait pas le cœur brisé. Avait-elle aimé cet homme ? Crétin, elle l'avait épousé, bien sûr qu'ils s'étaient aimés. Pourtant, elle me regardait avec une hésitation indéniable, mais aussi avec intérêt. Je le savais. Mon loup le savait. Je pouvais le *sentir*. Son odeur de miel était plus forte maintenant.

Quelle que soit sa situation, je m'en accommoderais.

Je *devais* m'en accommoder.

Elle était à moi. J'avais besoin d'elle pour survivre.

Merde. J'étais intelligent. Vraiment très intelligent, mais si je ne trouvais pas le moyen de la séduire pour pouvoir la revendiquer, je perdrais le contrôle de mon loup. J'avais déjà du mal à le retenir, et je ne l'avais rencontré que quelques minutes plus tôt.

Mais il ne s'agissait pas seulement de survivre. Le fait qu'elle soit ma compagne n'était pas seulement un moyen d'éviter de devenir fou à cause de la lune. Je la désirais. De tout mon cœur *et* de toute ma queue. J'avais besoin de voir son sourire. De la voir jouir sur ma bite. D'être à ses côtés et de supprimer tout ce qui la hantait. Si elle avait souffert, cela ne se reproduirait plus.

Le contact doux de sa main contre la mienne rendait l'air électrique autour de nous, comme une nuit chaude avant un orage. Je refermai doucement mes doigts autour des siens. Sa main semblait petite et délicate dans ma grande main rugueuse. Douce, chaude. Ses ongles n'étaient ni vernis ni longs, mais ils étaient soigneusement limés et propres.

Je réalisai à nouveau qu'elle était humaine. Putain, une humaine ! Cela signifiait qu'elle était fragile comme du verre. Elle pouvait se briser. Quand elle se blessait, elle ne guérissait pas instantanément.

Cela incitait mon loup à montrer les crocs face à tous les dangers qui se présentaient autour d'elle. Je ressentais le besoin de la protéger plus farouchement que jamais.

Je m'éclaircis la gorge, elle était comme rouillée à force de pas être utilisée.

— Je ne te toucherai plus sans ta permission, je promis en soutenant son regard.

Il était important qu'elle sache que j'avais entendu sa règle et que je la respecterais.

Elle scruta mon visage comme pour déterminer si j'étais sincère, puis elle posa sa paume dans la mienne.

Un petit pas en avant, mais un sacré pas tout de même.

Je restai parfaitement immobile sous son regard scrutateur et laissai le bar bondé disparaître. Je n'entendais plus la musique ni les conversations autour de nous.

— Dis-moi toutes tes règles.

Merde. Est-ce que ça semblait trop bourru ? Trop autoritaire ? Tout ce qui sortait de ma bouche semblait grincheux, comme si c'était mon loup qui parlait. Je ne savais vraiment pas flirter et faire preuve de finesse. Je n'avais pas eu à le faire depuis très longtemps, pas pour conclure des accords avec des clients, surveiller le marché boursier et apprendre les tendances et les modèles économiques afin de transformer les millions de mes clients en encore plus de millions.

Mais je ferais mieux d'apprendre vite.

Elle cligna des yeux, me fixa. Je ne pensais pas qu'elle avait encore réfléchi à d'autres règles. Bon sang, on venait juste de se rencontrer. Peut-être que je devrais d'abord les enfreindre pour qu'elle comprenne ce qu'elle voulait.

Je pouvais m'en accommoder.

Elle jeta un coup d'œil à la foule et leva la main pour prendre son plateau. Elle était déjà en train de s'éloigner lorsqu'elle me dit par-dessus son épaule :

— Attends ici.

— Je ne vais nulle part, je promis.

Pas sans ma compagne. Je n'allais certainement pas quitter ce bar sans elle.

Je m'assis sur un tabouret libre et suivis ses mouvements dans le miroir au-dessus du bar. À un moment donné, Cody déposa un verre d'eau glacée devant moi. Vingt minutes plus tard, Summer revint, s'empressant de débarrasser son plateau des verres et des bouteilles vides.

Je la laissai faire. Mon loup était impatient, mais je le retenais par la peau du cou. Je ne pouvais pas simplement la jeter sur mon épaule et l'emmener au milieu de son service. Je ne pouvais pas l'emmener, point final, car j'étais sûr que c'était l'une de ses règles. Elle devait sortir d'ici avec moi de son plein gré. Et, je me rappelais que cela allait demander du charme et de la finesse. Ou au moins un sourire ou quelque chose qui ne l'effraierait pas.

De plus, Cody piquerait une crise si je me laissais aller à ça.

Elle remplit son plateau avec les nouvelles boissons que Cody avait préparées, puis s'arrêta à nouveau devant moi.

Assis comme je l'étais, nous étions presque à la même hauteur.

— Règle numéro deux : tu dois accepter un refus.

J'écarquillai les yeux et hésitai. Mon loup refusait catégoriquement. Il ne cesserait jamais d'essayer de la conquérir.

Mais je voyais bien que c'était important pour elle. Elle avait peur que je ne respecte pas ses souhaits, et cela m'amena à me demander qui ne l'avait pas écoutée.

Qui ne s'était pas arrêté quand elle avait dit non.

Je baissai la tête, me penchai légèrement vers elle pour qu'elle puisse m'entendre et dis :

— Je promets d'accepter que tu me dises non.

Même si cela devait me tuer.

Et cela *pourrait bien* me tuer si elle me disait non à notre relation.

Cody fit clignoter les lumières pour signaler la dernière commande, et l'ambiance dans le bar devint encore plus folle, tout le monde se précipitait pour commander un dernier verre et trouver un partenaire pour la nuit. Je restai assis à ma place, observant ma compagne dans le miroir pendant tout ce temps, attendant le moment opportun.

Trente minutes plus tard, Cody éteignit la musique et alluma les néons au plafond pour signaler que le bar était fermé et que tout le monde devait partir. Les clients plissèrent les yeux à cause de la lumière éblouissante et sortirent pour échapper à cette lumière crue.

Je restai à ma place au bout du bar jusqu'à ce que le bar se vide. Mes oreilles bourdonnaient à cause du silence soudain. Cody ne me mettrait pas dehors, et je ne partirais pas sans ma compagne. Sa propre compagne était partie juste avant la dernière commande – j'avais vu Cody la conduire à sa voiture avant de revenir pour finir son service. Il était revenu avec un sourire aux lèvres, et je savais que certains de ses clients ne seraient pas les seuls à conclure ce soir-là.

J'espérais juste trouver le moyen de convaincre Summer que je ferais d'elle la femme la plus chanceuse du monde si elle partait avec moi.

Lorsque tout le monde fut parti, à l'exception des employés, je me levai et participai au nettoyage, aidant Summer à ramasser les verres sales et à jeter les bouteilles vides dans le bac de recyclage. Je pris le bac de recyclage plein et le transportai à l'arrière, oubliant de faire semblant qu'il était lourd. Je pouvais me permettre de montrer plus de force que la plupart des loups à cause de ma taille. Lorsque je revins, Summer avait un grand balai et balayait le sol.

Je lui pris délicatement des mains, attendant qu'elle me regarde dans les yeux.

— Je m'en charge Summer.

Je voulais la toucher. *Désespérément.* Mais je pris mon mal en patience. Elle était au travail. Plus vite je l'aiderais à finir, plus vite je pourrais lui demander si je pouvais la raccompagner chez elle.

Je balayai rapidement tous les déchets qui jonchaient le sol – et bon sang, il y en avait beaucoup ! Je supposais que lorsque la lumière était tamisée, les gens n'hésitaient pas à jeter leurs déchets par terre. Une fois que j'eus terminé, je transportai deux poubelles pleines jusqu'à la benne à ordures située à l'arrière du parking, une dans chaque main, puis je retournai me laver les mains dans les toilettes.

Quand je revins dans la salle principale du bar, les mains humides, elle était là.

Je m'arrêtai à deux mètres d'elle. Je la regardai. J'attendis. J'attendis davantage. Je respirai son odeur délicate. J'attendis encore, putain de merde.

— D'accord, dit-elle.

Je fronçai les sourcils.

— D'accord ?

— D'accord, je te donne la permission de me toucher.

D'un geste doux, je la soulevai pour la poser sur le bar – putain, qu'est-ce qu'elle était légère – afin que nous soyons face à face. Je posai mes mains sur ses genoux, les écartai et me glissai entre eux.

Ses yeux s'écarquillèrent de surprise et non de peur.

Je pris son visage entre mes mains, faisant glisser mes pouces rugueux sur ses joues soyeuses. Puis je me penchai et l'embrassai.

4

SUMMER

Waouh. WAOUH.

Je n'avais jamais été embrassée comme ça. À la fois avec respect et avec fougue. La bouche de Boone était délicate, mais son baiser puissant. Je haletai, et sa langue trouva la mienne. Elles s'entremêlèrent pour des coups de langue gourmands.

Il m'avait légèrement incliné la tête et nos bouches s'étaient intimement liées. Mon Dieu, sa langue s'enfonçait dans ma bouche comme j'imaginais que sa queue s'enfoncerait dans ma chatte.

S'il pouvait embrasser mes lèvres de cette façon, je me demandais ce qu'il pourrait faire plus bas, avec sa tête entre mes cuisses. J'avais entendu parler des brûlures de friction causées par la barbe, mais peu importe, ça ne me faisait pas peur. Ma chatte se contracta d'anticipation.

J'accrochai mes talons à ses fesses et le rapprochai de moi. Je sentais la chaleur qui émanait de lui. Je respirais son odeur. Celle du bois, du pin et du savon propre.

Ses mains glissèrent vers mon cou, m'enlacèrent, puis descendirent vers mes épaules, puis le long de mes bras, comme s'il apprenait à me connaître, tout en gardant sa bouche sur la mienne.

Ma surprise initiale avait disparu, remplacée par le désir. Mes doigts s'emmêlèrent dans le tissu à carreaux et s'agrippèrent, de peur que je ne m'envole si je ne m'accrochais pas à lui. De peur qu'il ne s'arrête. Son corps était dur. Musclé. Robuste.

— Boone, murmurai-je, lorsqu'il embrassa la mâchoire jusqu'à l'arrière de mon oreille.

Sa barbe était douce contre ma peau.

Oh. Ce contact à cet endroit me fit frissonner.

Je penchai la tête, soulevai mes hanches du bar pour me frotter contre lui. Je n'avais jamais été aussi excitée de ma vie. Pas au cours de toutes mes années de mariage. Jamais. Et Boone et moi étions tout habillés et...

Quelqu'un se racla la gorge. Puis recommença.

Ce n'était pas moi. Ce n'était pas Boone.

Nous n'étions pas seuls. Oh mon Dieu ! C'était tellement gênant !

Je poussai un petit cri, et Boone recula. D'un centimètre.

— Tu vas faire l'amour dans mon bar ?

Cody.

Bon sang. J'étais en train d'embrasser quelqu'un sur le comptoir du bar de mon patron. *Sur le comptoir.*

Je sentais la poitrine de Boone vibrer sous mes doigts, là où je *continuais* à le serrer contre moi. Puis il recula, mais ignora Cody. Ses yeux se posèrent sur les miens. Ils restaient fixés sur moi. Ils étaient plus clairs que dans mon souvenir, mais tout aussi intenses. Ses joues étaient rouges sous sa barbe, ses lèvres rouges et brillantes.

— Tu veux que je te fasse jouir ici ou chez toi ? demanda-t-il.

Oh mon Dieu. Même si c'était une question, l'orgasme était un fait acquis. Je devais juste décider où j'allais l'avoir. Cela signifiait également qu'il se moquait des normes d'hygiène du comptoir du bar ou du regard de Cody. Tellement il avait envie de moi.

Je me mordis la lèvre, essayant à la fois de ne pas rire et de ne pas mourir de honte.

— Chez moi.

Cody, qui semblait avoir entendu mon murmure, nous lança :

— Amusez-vous bien.

Amusez-vous bien. *Amusez-vous bien.*

C'était la seule chose à laquelle je pouvais penser pendant que je conduisais vers mon petit appartement au-dessus du garage de ma copine Natalie, avec Boone qui me suivait. Ses phares restèrent une constante tout au long du trajet, tout comme les pulsations de mon clitoris et les picotements au niveau de mes tétons.

Le mari de Natalie, Rand, était entrepreneur et avait conçu et construit le bâtiment annexe pour qu'il soit en harmonie avec le style de la ferme restaurée. D'après ce que Natalie m'avait raconté, la maison d'origine avait brûlé dans un incendie après son installation, allumé par un type qui ne supportait pas l'idée qu'elle tienne un bed and breakfast, ce qui avait été son projet initial lorsqu'elle avait hérité de la propriété. Les deux bâtiments étaient reliés par une passerelle vitrée et suffisamment éloignés l'un de l'autre pour que je n'ai pas eu l'impression d'envahir l'espace des jeunes mariés quand je m'étais installée à côté.

Sous mon appartement, le garage comptait quatre places de stationnement, suffisamment grandes pour accueillir leurs véhicules personnels, ainsi qu'un vieux camion équipé d'une lame à l'avant pour déneiger leur longue allée, constamment recouverte par la neige du Montana. Ils avaient également des quads et la remorque contenant les outils de Rand.

Mon appartement était une grande pièce avec une

salle de bain, une kitchenette, un canapé et un lit. Les fenêtres donnaient sur l'arrière du ranch recouvert de neige et je me demandais sans cesse si l'hiver finirait un jour.

J'avais fui mon mariage et accouru ici pour loger chez mon amie, loin de Los Angeles, pour prendre un nouveau départ. Pour découvrir qui j'étais, ce que je voulais.

Ce soir, ce que je voulais, c'était Boone.

Il se tenait juste à l'entrée de mon appartement, son bonnet à la main. Il m'observait. Il attendait.

Je dégrafai mon épais manteau d'hiver, mais sa voix – et ses mots – immobilisèrent mes mains.

— Laisse-moi faire, dit-il.

Sa voix était grave et rocailleuse, comme un éboulement.

Je laissai mes mains retomber le long de mon corps et il se pencha pour descendre la fermeture éclair de mon manteau, puis il le fit glisser de mes épaules. Il le suspendit ensuite à la patère près de la porte.

Je déglutis, me demandant si je n'avais pas mis le chauffage trop haut. Je me demandais s'il pouvait entendre mon cœur battre la chamade.

Il s'agenouilla avec un bruit sourd, et nous nous retrouvâmes face à face. Il tapota alors sa cuisse.

— Pose ton pied ici, m'ordonna-t-il.

Je posai mes mains sur ses épaules pour garder l'équilibre et fis ce qu'il me demandait. Sans rompre le contact visuel, il retira ma chaussure, puis je posai mon pied par terre et changeai de position.

Il tapota une nouvelle fois sa cuisse musclée, et je penchai la tête.

— Assieds-toi.

Ma bouche tressaillit et je m'assis, sentant le jeu de ses muscles sous mes cuisses. Il était si chaud. Si grand. Si...

Oh mon Dieu.

Il m'embrassa à nouveau, mais contrairement au baiser au bar qui avait commencé lentement, celui-ci fut torride dès le début. Bouche ouverte, langues entrelacées. Comme s'il n'avait pensé à rien d'autre pendant le trajet jusqu'ici.

Puis il se leva, m'emportant avec lui et me portant à travers la pièce jusqu'à mon lit.

Il aurait pu me jeter, mais il ne le fit pas. Il m'allongea doucement sur le lit comme si j'étais fragile, puis se redressa dans toute sa hauteur imposante.

— Permission de te déshabiller et de te baiser comme tu en as besoin.

5

BOONE

Summer ouvrit et referma la bouche à cause de mes paroles. Elle rougit également d'une jolie teinte rosée, un rose qui, j'imaginais, correspondait à celui de ses tétons et de sa chatte.

J'allais la traiter avec une infinie délicatesse, mais je n'étais pas un romantique. J'avais l'eau à la bouche à l'idée de sa chatte mouillée, dont je pouvais désormais sentir l'odeur dans l'air. Miel sucré. Dès que j'avais parlé de la « baiser comme elle en avait besoin », elle avait mouillé d'un coup, et il ne faisait aucun doute que sa culotte était maintenant trempée.

Elle se redressa sur ses coudes. Son tee-shirt avec le

logo du bar, son jean et ses chaussettes étaient tout sauf sexy. Putain, elle serait sûrement magnifique en dentelle ou en soie, mais je voulais la voir nue. Tout comme mon loup. Ma compagne n'avait besoin de rien pour être encore plus séduisante.

Du précum coulait déjà de ma bite, et mes couilles me faisaient mal à cause de mon envie de la prendre. Elle serait serrée. Je le savais.

— Oui. Tu as la permission de faire les deux.

Je commençai par ses chaussettes, en attrapant une cheville.

— Boone, dit-elle. Je... ça fait longtemps.

Je levai les yeux de ma tâche et la regardai dans les yeux.

Elle pensait que cela pouvait être un problème ?

Je retirai sa chaussette et la laissai tomber par terre.

— Ne t'inquiète pas, ma belle.

— Je prends la pilule.

Mes mains restèrent immobiles et puis, je défis ma ceinture et la regardai.

— Cela signifie-t-il que je peux te prendre sans protection ? Ai-je la permission de jouir au fond de ta chatte ?

Je ne savais pas qu'elle pouvait rougir d'une nuance de rose encore plus jolie, mais ce fut le cas.

— Oui.

Putain, oui. Avec une urgence accrue, j'ouvris mon

jean, plongeai la main à l'intérieur et sortis ma bite. Je la saisis à la base et la caressai de haut en bas, tandis qu'elle me regardait, les yeux écarquillés.

— Je dois faire en sorte que tu sois bien prête pour ça.

6

SUMMER

OH MON DIEU. *Oh mon Dieu.*

Boone était vraiment bien proportionné. Sa bite était impressionnante. Ma chatte se contracta et se mit à mouiller de désir alors que j'aurais peut-être dû avoir peur que cette chose ne rentre pas ou ne me fende en deux.

Je n'avais couché qu'avec Marty. Il mesurait un peu moins d'un mètre quatre-vingts et était mince. Sa bite était – je le savais désormais avec certitude – petite. Comparée à celle de Boone, c'était comme se faire baiser avec un petit doigt.

Boone allait me baiser comme j'en avais besoin *avec ça* ? C'était comme une batte de baseball. Une canette de soda. Tout ce qu'on pouvait imaginer avec un gros calibre pouvait décrire sa bite.

Heureusement, j'étais très, très mouillée et très, très impatiente. Curieuse aussi de découvrir ce que j'avais manqué. Et de l'avoir en moi.

Il se caressa une dernière fois, puis passa à mon autre chaussette, qu'il jeta également.

Mon jean et ma culotte avaient disparu avant même que je puisse cligner des yeux et...

— Oh ! criai-je lorsqu'il se mit à nouveau à genoux, cette fois sur le tapis moelleux à côté de mon lit.

Il ne perdit pas de temps, passa mes jambes par-dessus ses épaules et posa sa bouche sur moi.

Là.

— Boone ! criai-je en cambrant le dos.

J'essayai de le repousser avec mes talons, et il releva instantanément la tête.

Je n'arrivais pas à croire que j'allais avoir une conversation avec cet homme qui avait la tête *entre mes cuisses*. Ces cheveux noirs, cette barbe, cette bouche brillante, le *désir* que je lisais dans son regard.

— Permission de te lécher, grogna-t-il.

Ces mots me firent mouiller davantage, et il prit une profonde inspiration, les narines dilatées. Il était patient, attendait ma réponse.

— Oui, mais je n'ai jamais...

Je me mordis la lèvre, ne voulant pas admettre que Marty ne m'avait jamais, pas une seule fois, fait un cunnilingus. Il avait dit qu'il n'aimait pas ça, qu'il n'aimait pas le goût de la chatte. Je ne voulais pas non plus admettre qu'il ne m'avait jamais donné d'orgasme. Je n'en avais eu que seule, sous la douche.

Boone plissa les yeux.

— Maintenant, oui.

Comme j'avais dit oui, il se mit au travail avec une nouvelle détermination, comme s'il voulait faire de cette expérience la première et la meilleure de ma vie. Il me lécha de...*putain de merde*... mon anus jusqu'à mon clitoris.

Je me soulevai du lit sous l'effet des sensations provoquées par sa langue. Une main énorme se posa sur mon ventre et me maintint en place.

Puis il se mit au travail. Par « travail », je voulais dire qu'il lécha mon clitoris et glissa un doigt épais en moi. Puis il le retira. Puis il le réintroduisit. Puis...

Je perdis la notion de ce qu'il faisait là en dessous, mais il me fit jouir à une vitesse dont il pouvait être fier. Je lui tirai les cheveux et cambrai le dos, puis soudainement, je me mis à crier son nom et serrai son doigt pour atteindre l'orgasme le plus puissant et le plus intense de ma vie.

Je haletais et essayais de reprendre mon souffle, mais waouh. Je n'avais jamais joui aussi fort auparavant, ni avec quelque chose en moi.

Je n'allais pas m'attarder sur le fait que tout avait été merdique avec Marty si c'était vraiment comme *ça*, et Boone n'était même pas encore entré en moi. Il était encore habillé !

J'étais satisfaite, détendue et je me sentais tellement bien que j'allais vite devenir accro à cet homme.

— Encore, dit-il.

Je levai la tête.

— Encore ?

Sa barbe était recouverte de ma mouille. Ses joues étaient rouges, sa mâchoire serrée. Il était à fond dans le truc.

— Encore un doigt, précisa-t-il. Encore un orgasme.

Quand il se retira, puis glissa deux doigts en moi et les courba pour frotter un endroit magique et fascinant en moi, ma tête bascula en arrière et je me laissai aller.

7

BOONE

Du miel. Putain. Elle avait le goût du miel sucré, collant. Et elle coulait pour moi. Il y en avait dans ma barbe, partout sur ma main. Sur ma langue.

Bientôt, il allait recouvrir ma bite aussi. Mais mon plaisir passait après celui de ma compagne. J'apprenais ce qui la satisfaisait.

Elle avait commencé à dire qu'aucun homme ne lui avait jamais léché la chatte auparavant ? Cela me donnait envie d'aller trouver son futur ex-mari et de lui donner une ou deux leçons sur la façon de traiter une femme.

Tout commençait à genoux. En adorant son corps. En sachant qu'elle était excitée, impatiente, comblée et prête pour ta bite. Alors, et alors seulement, un homme pouvait penser à lui-même.

Ce ne fut que lorsqu'elle eut joui à nouveau que je la relevai pour lui retirer son tee-shirt et son soutien-gorge. Elle était en sueur, satisfaite, allongée, nue et parfaite pendant que je me déshabillais.

Je la remontai sur le lit pour que sa tête repose sur l'oreiller, je me penchai sur elle, écartai ses genoux et m'installai entre ses cuisses ouvertes.

Même après deux orgasmes et après avoir été dilatée par mes doigts, sa chatte allait être sacrément serrée. Je m'alignai contre sa fente luisante, croisai son regard. Puis, je plongeai lentement en elle.

— Putain, Summer. Tu es parfaite.

Putain. *Putain.* Elle était tellement bonne. Chaude. Humide. Ses parois ondulaient autour de mon gland. Je n'étais pas encore allé plus loin que ça.

— C'est bien, ma chérie. Prends-moi, et je te donnerai ce dont tu as besoin.

Elle plia le genou, leva la jambe pour la placer le long de mon corps, et je pus m'enfoncer plus profondément en elle.

Oh merde, je n'allais pas tenir le coup. J'allais jouir rien qu'en faisant pénétrer mon gland.

— Boone, souffla-t-elle, ses mains se posèrent sur mes bras, glissant le long de mon corps, me caressant.

Elle était si petite sous moi que je ne pouvais pas l'embrasser et la baiser sans me casser le dos.

55

Je nous fis rouler pour qu'elle se retrouve au-dessus, et ce mouvement la fit prendre ma bite sur toute sa longueur.

— BOONE ! cria-t-elle à nouveau.

Ses parois internes se contractèrent et se resserrèrent autour de moi pour s'adapter à ma queue.

Je posai ma main sur son ventre, sentant mon gland en elle. Je me redressai brusquement, l'embrassai, repliai les genoux pour qu'elle s'assoit dans le creux de mon corps. Protégée et empalée.

Les mains sur ses hanches, je la soulevais et l'abaissais, l'aidant à me baiser pendant que nous nous embrassions. Ses genoux touchaient à peine le lit à mes côtés.

Elle s'abandonna rapidement au plaisir, les yeux fermés, la tête basculée en arrière. Ses cheveux chatouillaient mes cuisses nues.

C'était bon. Parfait. Je n'avais jamais rien ressenti de tel que le poing serré et humide de sa chatte. Mon loup était ravi que nous ayons notre compagne exactement là où nous la voulions. Déjà satisfaite et impatiente d'en avoir plus. Nue et prête pour être marquée.

Mais ce n'était pas suffisant, alors je nous retournai à nouveau, passai ma main entre nous et frottai son clitoris, la faisant jouir une fois de plus.

Lorsqu'elle se mit à crier mon nom, je la baisai sauvagement, la tête de lit claquant contre le mur.

— Tu es à moi. À moi. Putain, tu es magnifique, grognai-je.

La sueur coulait sur mon front. Ma main agrippa les draps et déchira le coton.

Un autre coup de reins bien profond, et il y eut un craquement, le lit venait de se casser et penchait d'un côté. Je ne m'arrêtai pas, je ne pouvais pas, mon loup était à fleur de peau, mourant d'envie de la revendiquer.

Elle m'avait donné la permission de la baiser à nu, de la remplir de sperme.

Je dus faire appel à toute ma volonté pour ne pas la marquer lorsque je m'enfonçai profondément dans sa chatte et jouis, la remplissant encore et encore de sperme, serrant les mâchoires pour cacher mes crocs allongés.

Summer haletait, gémissait de plaisir, se cambrait pour mieux me prendre. Son vagin serré pulsait et se contractait autour de moi. Elle avait les yeux fermés, ses cheveux blonds formant un halo lumineux autour de son visage.

Mon loup était furieux que je ne l'aie pas marquée, mais le reste de mon être savourait pleinement le plaisir intense d'avoir joui en elle. D'avoir satisfait ma compagne. De la posséder. De respirer son odeur mêlée à celle de sa mouille et de mon sperme.

J'émis un grognement d'approbation. Je bandais toujours. Ma bite n'allait pas se ramollir de sitôt.

Elle ouvrit grand les yeux, puis sourit.

Je clignai rapidement des paupières, réalisant que les yeux de mon loup étaient probablement visibles.

Elle prit une inspiration.

— Tu en es un, toi aussi, n'est-ce pas ?

8

SUMMER

Boone eut l'air choqué et resta parfaitement immobile.

Ses yeux avaient *changé* de couleur. J'en étais sûre. J'aurais juré qu'ils étaient marron tout à l'heure, de la même teinte que sa barbe, mais à présent, alors qu'il se tenait debout, satisfait et imposant, au-dessus de moi, ils brillaient d'une teinte vert pâle. Vert argenté. Par briller, je voulais dire qu'ils avaient le même éclat que ceux d'un chat ou d'un chien dans l'obscurité. Comme s'ils pouvaient voir dans le noir alors que les personnes normales ne pouvaient pas.

Lentement, Boone se retira et s'assit sur ses talons. Waouh, sa bite était toujours aussi énorme et il bandait toujours, elle était maintenant recouverte de ma cyprine. Une goutte de sperme s'écoulait encore de la petite fente au sommet.

Il fit ce qu'il avait fait lorsqu'il s'était assis au bout du bar, il resta immobile, comme s'il ne voulait pas m'effrayer. Ses yeux fixaient les miens.

— Qu'est-ce que tu entends par là, ma belle ? demanda-t-il d'une voix basse.

Je regrettai soudain d'avoir parlé. Je ne voulais pas qu'il me mente sur ce qu'il était, comme Natalie l'avait fait. Elle m'avait blessée. Rand était un loup-garou. Je le savais parce que je l'avais vu pendant la pleine lune. J'avais regardé par la fenêtre de mon appartement au-dessus du garage et j'avais vu un énorme loup courir vers leur porte arrière, puis se transformer en un homme complètement nu et entrer dans la maison. Pas n'importe quel homme nu, Rand. Je ne l'avais jamais vu nu auparavant, ni depuis, mais je l'avais clairement reconnu.

Ça avait été une *sacrée* surprise.

Je n'étais évidemment pas censée savoir tout ça. Natalie m'avait menti effrontément lorsque je lui avais posé la question le lendemain matin, alors je n'avais pas insisté. C'était un secret tellement important que ma bonne copine, celle qui avait eu la générosité de m'héberger dans son appartement, avait estimé qu'elle ne pouvait pas me dire la vérité. Après cet incident où j'avais vu Rand les fesses à l'air, j'avais recherché des indices qui prouveraient que Rand était bien un loup-garou.

Il y en avait beaucoup lorsqu'on connaissait son secret.

D'une part, le ranch qui jouxtait celui-ci s'appelait Wolf Ranch. Les frères qui en étaient propriétaires, Rob, Colton et Boyd, portaient le nom de famille Wolf. À chaque pleine lune, du moins les quelques fois où j'avais été ici, Natalie se rendait au Wolf Ranch pour passer du temps dans la grande maison avec les autres femmes. J'entendais aussi les hurlements des loups dans la montagne. Non seulement Rand courait seul quand ce n'était pas la pleine lune, mais il semblait courir avec *d'autres*. Il semblait y avoir beaucoup de loups garous dans les environs.

Et puis il y avait cette histoire de couleur des yeux. J'avais vu les yeux de Rand changer lorsqu'il était attiré par Natalie, surtout à l'approche de la pleine lune. C'était une chose de les voir flirter ou s'embrasser un peu plus que d'habitude dans la cuisine, de le voir lui caresser les fesses ou lui murmurer quelque chose qui la faisait rougir, mais ses yeux... aucun humain ne pouvait faire ce que faisaient ceux de Rand. Puis j'avais réalisé que les yeux de Cody faisaient la même chose lorsque sa femme venait au bar. C'était comme s'ils ne pouvaient pas se contrôler, comme si leur besoin de leurs femmes était si puissant qu'ils *changeaient*.

Maintenant, ceux de Boone faisaient la même chose. Pour moi.

J'avais aussi remarqué, c'était une évidence, à quel point Cody et Rand étaient incroyablement forts. Boone aussi – je l'avais vu soulever cette énorme poubelle remplie de bouteilles en verre au bar comme si elle ne pesait rien – et il était encore plus grand que ses deux amis.

Pour autant que je puisse en juger, ces loups garous n'étaient pas dangereux. Rand et Cody étaient tous les deux très gentils. Je n'avais pas entendu parler de cadavres retrouvés après la pleine lune ou à aucun autre moment à Cooper Valley, même si c'était peut-être pousser les choses à l'extrême dans mon esprit. Il ne s'agissait ni de vampires ni de tueurs en série. C'étaient juste des loups garous.

Natalie ne semblait pas avoir peur pour moi, et elle ne semblait pas avoir peur de son mari ni d'aucun des autres membres du Wolf Ranch que j'avais rencontrés. Je savais qu'elle ne m'aurait pas invitée à venir m'installer ici avec elle jusqu'à ce que je retombe sur mes pieds si ce n'était pas un endroit sûr. En outre, elle m'avait même promis que Rand me protégerait si Marty venait me chercher pour me ramener à Los Angeles.

Je tendis la main et caressai la barbe épaisse de Boone. Elle était si douce... et avait été entre mes cuisses, comme je l'avais imaginé.

— Es-tu un loup-garou ? lui demandai-je d'une voix légèrement éraillée.

Il enfouit son nez dans le creux de mon épaule et y déposa un baiser.

— Que sais-tu des loups-garous ?

Sa voix était grave et rauque.

Super. Il n'avait pas répondu à ma question. Je ne voulais vraiment pas qu'il me manipule sur ce sujet.

Marty m'avait fait douter de moi tous les jours de notre mariage, me disant que mes tenues étaient trop provocantes, puis, quand je commençais à me fâcher, il s'en servait contre moi. Comme si c'était ma faute s'il se mettait en colère alors que je portais quelque chose qui n'avait rien d'inapproprié.

Je ne pouvais plus supporter ce genre de manipulation mentale de la part d'un homme. Je préférais ne plus jamais avoir de relation plutôt que de fréquenter un homme qui me rabaissait ainsi. Il m'avait fallu des années pour me rendre compte de ce qu'il faisait, à quel point je m'étais facilement fait avoir, comment il m'avait fait perdre ma famille, mes amis. Ma confiance en moi.

Je l'avais retrouvée, et je n'allais pas la perdre à nouveau. Jamais.

Je soutins son regard avec un soupçon de défiance.

— Je sais que Natalie m'a menti quand je lui ai demandé si Rand était un loup garou.

Au lieu de se refermer, son expression se radoucit

et s'ouvrit davantage. Ses lèvres se retroussèrent légèrement. Il baissa la tête et... oh mon Dieu, passa sa langue sur mon téton qui pointait.

— C'est parce que tu n'étais pas censée le savoir, ma belle. C'est un secret. Mais tout va bien maintenant. Parce que tu es à moi.

À lui ?

Je me raidis en entendant ces mots, même si mon corps semblait apprécier son affirmation, ma chatte se contractant dans une sorte de réplique sismique. C'était trop possessif. Trop... écrasant.

— Je ne t'appartiens pas, dis-je immédiatement et fermement.

Son expression changea, et il s'installa à mes côtés, s'appuyant sur un coude pour soutenir sa tête avec sa main et traçant mon téton avec l'index de son autre main. Nonchalamment. Lentement. Comme s'il n'avait aucun souci au monde. Comme si je ne venais pas de lui demander s'il était un loup-garou. Comme s'il n'avait pas tiré la sonnette d'alarme en utilisant ces mots : à moi.

Avec fascination, je regardai son doigt se déplacer sur ma peau. Il était si gros. Aussi gros que le sexe d'un homme normal. Je savais ce que cela faisait d'avoir ce doigt en moi. En fait, je savais ce que cela faisait d'en avoir deux en moi.

— Je sais que ton divorce n'est pas encore prononcé, dit-il en haussant légèrement ses larges épaules. Cody me l'a dit. Je me fiche des lois humaines.

Les lois humaines. Waouh.

Un petit frisson parcourut mon corps. C'était confirmé. Il n'était pas humain. Cet homme gigantesque et costaud avait quelque chose de plus. Quelque chose de plus fort. De plus animal. Il était bien plus dangereux qu'un homme normal. Bien plus dangereux que Marty, peut-être. Et j'étais au lit avec lui. Un lit qui s'était cassé parce qu'il avait été si… vigoureux. Ma chatte était endolorie, mais il ne m'avait pas fait mal.

Pourtant, j'aurais dû avoir peur après ce que j'avais vécu avec mon futur ex-mari. Une partie de moi était soudainement un peu nerveuse, mais étonnamment, j'étais surtout excitée par tout ça.

Exaltée.

Heureuse qu'il me fasse suffisamment confiance pour l'admettre.

Il n'avait pas caché ce qu'il était. Il n'avait pas essayé d'esquiver mes questions ou de changer complètement de sujet. Il n'avait pas essayé de me distraire avec un autre orgasme, mais le fait qu'il joue avec mon téton m'excitait à nouveau.

— Qu'est-ce que je ne suis pas censée savoir ?

Une fois de plus, j'avais mis un peu de défiance dans ma voix. Je le mettais au défi de me le dire, car il n'avait pas vraiment expliqué quoi que ce soit.

Ses lèvres tressaillirent à nouveau, et je me souvins de la sensation qu'elles m'avaient procurée lorsqu'elles s'étaient pressées contre les miennes. Plus bas, aussi.

— Nous ne sommes pas des loups-garous, du moins nous ne nous appelons pas comme ça, expliqua-t-il. Les loups-garous sont des monstres de contes. Nous sommes simplement une autre espèce, des loups métamorphes.

Mon cœur se mit à battre un peu plus vite en entendant son explication. *Nous*. Il admettait qu'il n'était pas seul. Il y avait toute une meute, comme je l'avais soupçonné.

— Ne sois pas en colère contre Natalie, ajouta-t-il. Il existe des règles strictes au sein de la meute qui interdisent de révéler notre secret aux humains.

Natalie n'était donc pas une métamorphe. Elle ne m'avait pas caché *ce* lourd secret depuis le début de notre amitié.

Elle avait sans doute appris leur existence lorsqu'elle avait emménagé ici, à Cooper Valley.

Boone enroula sa grande main rugueuse autour de ma poitrine et la referma.

— Comment as-tu compris ?

Sa main caressa mon flanc, passa sur la courbe de ma hanche, puis se glissa sous mes fesses pour les malaxer. Il leva les yeux vers moi. La teinte verte avait disparu.

— Tu n'as pas peur ?

Je soutins ses yeux désormais marron.

— Est-ce que je devrais ? De toi ? De tous les loups métamorphes ?

Il secoua la tête.

— Non, ma belle. Aucun loup ne te fera jamais de mal. Surtout pas moi.

Il déposa des baisers le long de mes côtes, sous ma poitrine, puis remonta sur le côté. Mon Dieu, sa douceur m'excitait parce que je ne m'y étais pas attendue. La personne qui venait de casser mon lit caressait ma peau d'un toucher léger comme une plume.

— Merci de ne pas m'avoir menti, dis-je doucement.

Je ressentais un certain soulagement. C'était comme si je faisais désormais partie du cercle fermé dont j'avais été exclue auparavant. Peut-être était-ce simplement parce que j'avais retrouvé l'impression ressentie pendant ma scolarité, je détestais être mise à l'écart. Personne n'aimait avoir l'impression que tout le monde connaissait un secret sauf soi-même.

— Demande-moi tout ce que tu veux, ma douce, dit-il. Je veux tout t'expliquer.

Vraiment ?

— Pas de secrets ?

Il ne me faisait pas passer pour une folle parce que je posais des questions ?

Non. Il *voulait* que je sache.

— Pas de secrets, confirma-t-il.

— Alors tu te transformes pendant la pleine lune ? Est-ce que tu es... euh, obligé de le faire ? Es-tu dangereux quand tu es sous ta forme de loup ?

Boone plissa les yeux comme s'il trouvait mes questions mignonnes.

— On peut se transformer à tout moment, mais l'envie est plus forte à la pleine lune. Ce n'est pas une nécessité si le métamorphe contrôle son loup. Cela peut être un problème pour les loups adolescents ou les métamorphes qui sont à fleur de peau à cause de la colère ou du désir. Un peu comme quand je bande. Je peux avoir une érection en regardant une scène de sexe dans un film ou en me réveillant le matin. Je peux contrôler ces deux situations, mais quand je suis près de toi ? Je vais toujours bander. *Ça,* ça va être difficile à contrôler.

Il bougea son bassin, et je sentis la dure réalité derrière ces mots et ses yeux reprirent une teinte verte.

La lune était-elle presque pleine ce soir ?

Je jetai un coup d'œil par la fenêtre. Non. Juste un croissant.

— C'est pour ça que tu m'as attrapée ce soir ? osai-je demander, mon sentiment d'insécurité refaisant surface à l'idée qu'il m'avait peut-être choisie pour... assouvir un besoin irrépressible à la pleine lune ou à l'approche de celle-ci, comme pour assouvir une érection matinale.

Son regard caressait mon visage comme s'il essayait de le mémoriser. De mémoriser chaque centimètre carré de moi.

— Oui. J'ai senti ton odeur dans cette foule, et j'ai tout de suite su que tu étais à moi.

Et voilà, il réaffirmait ce qu'il avait dit plus tôt. *À moi.*

Cela commençait à me mettre mal à l'aise. À m'inquiéter un peu, comme si j'avais fait un choix stupide et que je m'étais mise dans une situation délicate.

— Je suis désolé si je t'ai fait peur, dit-il, désolé de t'avoir attrapée comme ça. J'ai juste perdu le contrôle pendant un instant, jusqu'à ce que je réalise que tu n'étais pas une louve et que tu ne savais pas qui j'étais. Parfois, je ne connais pas ma propre force. Parfois... Peu importe.

En théorie, je savais que ses paroles ne devaient pas m'offenser, mais après avoir été rabaissée pendant des années par Marty, je me sentais soudainement inférieure.

Je n'étais pas une louve. Je ne savais pas ce qui se passait.

Il aurait probablement préféré une louve. Quelqu'un qui le comprendrait. Quelqu'un qui ne verrait pas d'inconvénient à être attrapée et malmenée par un géant. Quel homme voudrait d'une fille aussi peu sûre d'elle ?

— C'était un peu bizarre, non ?

Je faisais semblant de rien, essayant de me dégager et de descendre du lit.

— Attends.

Boone passa son bras, aussi gros qu'un tronc d'arbre, autour de ma taille et me tira contre lui, comme il l'avait fait dans le bar. Mais cette fois, nous étions nus. Cette fois, nous étions seuls.

Je me raidis. Une alarme se mit à retentir dans ma tête.

Premièrement, cette histoire qu'il n'arrêtait pas de répéter, selon laquelle je lui appartenais.

C'était faux. Complètement faux.

Marty m'avait traitée comme un objet qu'il pouvait contrôler, et était-ce aussi ce que Boone voulait faire ?

Je me fichais du talent de sa bite, je ne voulais pas me retrouver dans ce genre de situation, jamais plus.

Deuxièmement, je me sentais blessée par cette remarque sur la louve, comme s'il m'était impossible d'être à la hauteur de ce qu'il attendait vraiment de moi. Je pouvais me teindre les cheveux, les laisser pousser, porter des lentilles de couleur, mais je ne pouvais certainement pas me transformer en loup.

Et troisièmement, si j'essayais de m'échapper de l'emprise de Boone maintenant, je n'y arriverais pas. Il était trop grand et trop fort. Ce serait physiquement impossible. Je n'étais pas assez forte, et je savais à quel point il était puissant. Je ne devais pas seulement me protéger de ses paroles, mais aussi, désormais, de ses actes.

J'avais été maltraitée pendant tellement longtemps par un mari jaloux et possessif que tout ce qui ressemblait de près ou de loin à de la possession me terrifiait.

— Qu'est-ce qui vient de se passer, Summer ?

Boone parlait d'une voix grondante et grave. Il me tenait captive, ou il me tenait dans ses bras par derrière.

Une partie de moi adorait ça, car une femme *normale* et intacte aurait rêvé qu'un homme/métamorphe comme Boone la serre dans ses bras.

Une autre partie de moi paniquait, celle qui m'avait protégée ces derniers temps.

— Je t'ai vexée, ma chérie ? demanda-t-il. Qu'est-ce que j'ai dit ? Merde, je suis un imbécile.

Non, c'était moi l'imbécile. Bien sûr, il n'avait pas voulu me blesser.

— Lâche-moi, murmurai-je, pour le tester.

Combien de temps ce colosse allait-il respecter mes règles ? Est-ce que c'était fini maintenant qu'il avait couché avec moi ?

Les muscles de son bras se relâchèrent, mais il ne le bougea pas.

— Je ne veux pas. Jamais, dit-il et j'entendis le regret dans sa voix.

— Tu... tu me fais peur, j'admis.

Il me relâcha instantanément et s'assit sur le lit, sentant probablement que je parlais d'une voix tremblante, et que mon corps tremblait également.

— Merde. Je suis désolé, Summer.

Je descendis du lit désormais bancal et tentai de changer de sujet. J'observai les dégâts.

— Tu as cassé le lit.

— *Nous.* Nous avons cassé le lit, dit-il en souriant. J'en fabriquerai un autre, plus solide.

Il allait fabriquer un lit ? Sérieusement ?

— Tu es menuisier ?

Il acquiesça.

— C'est mon frère Roy qui est menuisier. Moi, je suis surtout bûcheron. J'abats des arbres. J'ai ma propre entreprise. Mon autre frère, Ace, a une plantation d'arbres de Noël dans la montagne. Ne t'inquiète pas, on va fabriquer quelque chose de plus solide pour remplacer ton lit.

Bûcheron. Bien sûr, c'était un bûcheron. Il avait l'air d'un bûcheron. Il agissait en conséquence, d'une manière presque... sauvage, il était plus heureux dans la nature qu'auprès des gens. Mais il y avait quelque chose chez lui, une conscience qui indiquait qu'il était bien plus intelligent qu'un simple montagnard.

Il était calme. Il observait. Il étudiait. Il réservait ses paroles pour les moments importants.

Il me regardait fixement, et je me tenais à distance

de lui, les bras croisés autour de ma taille. Son sperme commençait à couler le long de mes cuisses, me rappelant ce que nous venions de faire. Je pourrais peut-être le laver sous la douche, mais je le sentirais encore pendant des jours, dans ma chatte endolorie.

— Qui t'a fait du mal, Summer ?

La question me coupa le souffle. Je vacillai, prise de vertige après m'être levée trop vite. Ou peut-être à cause de cette question directe. Elle correspondait tellement à la raison pour laquelle je paniquais.

Boone se leva aussi. Lentement. Prudemment. Il s'approcha de moi.

— Qui ? répéta-t-il.

J'avalai ma salive, me léchai les lèvres.

— Mon mari. Je ne le trompe pas, en étant avec toi. Il est. Nous sommes... séparés, et dès qu'il aura signé les papiers... s'il le fait un jour, alors, je serai libre, dis-je en parlant à toute vitesse.

Il serra les poings, puis les rouvrit, se détendit.

— Je sais, ma belle. Je n'ai jamais pensé ça de toi. Pas une seule fois.

Il pencha la tête, tendit la main et prit doucement l'une de mes mains.

Il haussa les sourcils.

— C'est lui qui t'a fait du mal ?

Les larmes me montèrent aux yeux, et il comprit la réponse sans que j'aie besoin de dire quoi que ce soit.

Je ne pleurais pas à cause de ce qui s'était passé

avec Marty. C'était fini. J'étais partie et je ne reviendrais plus jamais. Mais je me sentais honteuse. Le fait d'avoir été avec lui pendant si longtemps avait fait de moi une autre personne. Je ne voulais plus jamais être cette personne. Je ne voulais pas que Boone me voie comme ça. Je ne me reconnaissais pas dans une femme qui aurait accepté de vivre une situation de violence conjugale.

Mais je l'avais fait. Il l'avait perçu.

Je voulais être la jeune chanteuse de country pleine d'énergie qui avait remporté le prix de la meilleure chanson à la foire nationale six ans auparavant. Celle qui avait encore toute sa vie devant elle. Pas une jeune femme sans avenir, mariée à un policier autoritaire qui avait fini par devenir violent. Pas l'idiote qui avait laissé son mari la convaincre de quitter son travail pour se consacrer à la musique à plein temps, sans se rendre compte qu'il lui ôtait peu à peu ses moyens de subvenir à ses besoins. Celle qui s'était retrouvée isolée, sans amis, affaiblie et dépendante, tout ça pour qu'elle ne soit plus en mesure de partir.

Mais j'avais vécu cette situation de violence conjugale.

Boone, comme s'il essayait de ne pas effrayer un cheval nerveux, tendit lentement, très lentement, les bras et me serra contre lui.

— Détends-toi, murmura-t-il. C'est ça. Tu es ma gentille fille.

Cette fois-ci, je ressentais uniquement du réconfort

dans ses bras, et non plus de la peur, je me sentais bien. J'adorais cette étreinte puissante qui me soulevait du sol.

— Je vais le tuer, grogna Boone, donne-moi son nom.

Il était passé de la douceur à la férocité. Pas contre moi, mais pour moi.

9

BOONE

MON LOUP GROGNAIT, prêt à éventrer son ex. Je devais le tuer. Summer avait peur de moi. De moi ! Après tout ce que nous avions fait, après la façon dont elle m'avait fait confiance en m'offrant si merveilleusement son corps, elle se repliait maintenant sur elle-même, rongée par des peurs profondes provoquées par quelqu'un d'autre ? Il était évident que quelqu'un lui avait fait du mal.

Bien sûr, j'étais sacrément costaud, mais j'avais appris depuis longtemps que je devais être prudent. Que ma taille pouvait être utilisée comme une arme. Mon père avait voulu que je défie Rob Wolf pour devenir le chef de la meute après le décès de ses parents dans cet horrible accident de voiture. Mon père et moi nous étions affrontés pendant plus d'un mois. D'abord avec des mots, puis avec les poings, dans un combat acharné. J'avais gagné, mais au prix de la destruction de ma famille. J'avais désobéi, et en plus j'avais failli tuer mon père.

À cause de cette agressivité, de ce niveau de destruction, j'avais fui la montagne et je m'étais inscrit à l'université, la seule option possible à l'époque. J'avais eu seize ans, j'avais été trop intelligent pour rester au lycée. Trop intelligent pour ne pas obtenir une bourse dans plusieurs des meilleures universités.

J'avais envisagé de les refuser, de rester à Cooper Valley et de monter une entreprise avec mes frères. Au lieu de cela, j'avais fait mes valises et j'étais parti pour la côte Est. Plus je m'étais éloigné de la meute, plus ils avaient été en sécurité, loin d'un monstre comme moi qui avait frappé son propre père.

Je connaissais ma force, et je savais désormais quand l'utiliser. Pour Summer, ce serait pour en finir avec son ex.

Personne ne faisait de mal à ma compagne et ne s'en sortait vivant. Je ne savais pas exactement ce qu'il lui avait fait, mais c'était suffisant pour qu'elle ait peur de moi à cause de lui. Mon sperme coulait le long de ses cuisses. Je l'avais vu. Je l'avais senti. Pourtant, elle tremblait encore, et pas à cause des orgasmes.

— *Non.*

La voix de Summer était ferme, et elle essayait de s'éloigner de moi.

Je jurai intérieurement. Elle m'avait fait promettre d'honorer son « non ». Une règle qui allait être difficile à respecter, car je voulais faire couler le sang.

Tout comme mon loup. Notre travail consistait à la protéger, et le fait de le faire disparaître de cette terre devrait lui permettre d'avoir l'esprit tranquille et de passer à autre chose. Elle saurait que personne ne la toucherait ni ne lui dirait des choses blessantes qui lui donneraient l'impression d'être imparfaite.

Elle ne connaissait pas la justice des métamorphes.

À contrecœur, je la libérai, me frottant la barbe d'une main, me léchant les lèvres pour sentir son goût délicieux.

— Non, tu ne me donneras pas son nom, ou non, je ne peux pas le tuer ?

Je cherchais une faille dans la règle.

Elle fronça les sourcils, perplexe, probablement parce que personne ne lui avait jamais dit qu'on allait tuer quelqu'un pour elle.

— Non aux deux.

Merde. Bon, j'allais me débrouiller pour me renseigner sur ce type et mémoriser son visage, afin de le reconnaître s'il se pointait un jour à Cooper Valley. Elle avait seulement dit que je ne pouvais pas tuer cet enfoiré. Cela ne signifiait pas que je ne pouvais pas faire en sorte qu'il reste loin d'elle.

Le shérif de la ville, Levi, était également un loup métamorphe. Son travail consistait à faire respecter la loi humaine, mais il appliquait également la justice de la meute, celle des métamorphes. Même si je ne pouvais pas tuer son ex, je pouvais quand même solliciter son aide.

Cependant, j'étais en train de me comporter comme un crétin. Prendre soin de ma compagne l'emportait désormais sur mon besoin de vengeance. De rendre justice. Je levai les mains, mais attendis que son regard hésitant croise le mien.

— D'accord. C'est toi qui fixes les règles, ma belle. Je les respecterai. Tu es en sécurité avec moi. Je te le répéterai jusqu'à ce que tu y croies.

Pour libérer mon agressivité refoulée, je soulevai le lit et arrachai les trois pieds restants, afin qu'il soit à plat pour la nuit. Il reposait désormais quinze centimètres plus bas, mais nous n'allions pas nous retrouver par terre.

Summer me regardait avec des yeux écarquillés. J'avais fait cela avec aisance, comme si j'avais retiré des brindilles.

Bon sang. Cela ne l'aiderait probablement pas à se sentir plus en sécurité avec moi.

Je levai les yeux du lit pour la regarder.

— Tu veux venir chez moi ? proposai-je, un peu penaud. Dans la montagne ?

Elle secoua légèrement la tête.

Je fis un geste vers le lit.

— Désolé, ça t'a fait peur aussi ?

Elle se frotta les lèvres.

— Euh... un peu. Oui. Tu es très fort.

Je me frottai le front.

— Merde. Je suis vraiment nul pour tout ça.

Putain, comment allais-je réussir à la ramener dans ce lit, avec mes bras autour d'elle ?

— Permission de te soulever et de te ramener dans ce lit, pour que je puisse te lécher la chatte à nouveau ?

Un petit sourire se dessina sur ses lèvres et dans ses épaules, la tension se relâcha.

— Tu aimes vraiment faire ça, non ?

— Bon sang, oui, et je serais ravi de te le prouver à nouveau.

Je souris, elle ne pouvait pas manquer de remarquer que je bandais.

— D'accord.

Sa voix était douce, mais ses joues étaient rouges. Oui, elle avait aimé ce que nous avions fait et en voulait plus.

Je passerais le reste de la nuit avec ma tête entre ses cuisses si cela la rendait heureuse.

En un instant, j'étais sur elle, la soulevant pour qu'elle chevauche ma taille. Son parfum de miel envahit mes narines, apaisant mon loup enragé. Je sentais nos fluides mélangés qui recouvraient sa chatte et ses cuisses, se répandant sur mes abdos.

Marque-la, insista mon loup.

Pas ce soir. Je le retins pendant que je la portais vers le lit désormais plus bas et que je l'allongeais délicatement au milieu.

Je la tournai sur le côté et l'enveloppai avec mon corps imposant, de manière protectrice.

— Tu es en sécurité, Summer, murmurai-je à son oreille avant de la mordiller.

Son parfum me rendait fou de désir, mais je gardai mon loup sous contrôle.

En déposant des baisers le long de son cou, je lui dis :

— Je vais vouloir tuer tous ceux qui te feront du mal, mais tu seras toujours en sécurité avec moi. Et je respecterai toujours tes refus. D'accord ?

Je crus percevoir l'odeur de ses larmes, et cela me transperça le cœur.

— D'accord, murmura-t-elle.

Je fermai les yeux et ordonnai à mon loup de se calmer. Ma compagne était dans mes bras. Elle n'était pas prête à ce que je la marque, mais elle voulait que je lui lèche la chatte. Aisément, je la soulevai et la plaçai au-dessus de ma tête, ses genoux près de mes oreilles.

— Boone ?

Elle me regarda, légèrement perplexe.

Je souris, inspirant son odeur de miel directement à la source.

— Tu as dit oui pour que je lèche ta chatte. Tu vas t'asseoir sur mon visage et me laisser faire.

Elle écarquilla les yeux, se tortilla, puis acquiesça.

— C'est bien, ma gentille fille.

Je plaçai ses cuisses et la rapprochai de ma bouche. Je me mis au travail. C'était désormais mon travail : satisfaire ma femme.

Le son de ses cris de plaisir résonnait dans mes oreilles, et je la fis jouir encore et encore, jusqu'à ce qu'elle n'ait plus la moindre crainte à mon égard. Elle savait que tout ce que je lui donnerais, c'était du plaisir.

Demain, je la convaincrais de quitter son travail chez Cody et de venir vivre avec moi dans la montagne. Demain, je lui expliquerais ce que signifiait le fait d'être ma compagne.

10

SUMMER

LE LENDEMAIN MATIN, nous allâmes dans la cuisine de Rand et Natalie. Même si j'avais ma propre petite kitchenette dans mon appartement, j'avais pris l'habitude de prendre mon café avec eux le matin.

Cela faisait deux ans qu'ils étaient ensemble et ils avaient passé la majeure partie de ce temps à rénover la ferme pour en faire exactement ce qu'ils voulaient. D'après ce que Natalie m'avait raconté, elle avait hérité le ranch d'un oncle qui n'avait fait aucune rénovation depuis les années soixante-dix. Elle avait rencontré Rand lorsqu'elle l'avait engagé pour effectuer des travaux de rénovation, mais tout le bâtiment avait été détruit dans un incendie, et Rand avait dû tout reconstruire à partir de zéro. Lors de la reconstruction, ils avaient conservé l'aspect ancien de la ferme, mais l'avaient équipée d'appareils électroménagers modernes, de surfaces de travail blanches étincelantes et de parquets brillants. Les placards étaient un mélange de blanc et de gris qui mettait en valeur le style rustique.

Ils avaient également une machine à café très moderne et très sophistiquée. J'étais assise à la banquette qui donnait sur le jardin enneigé et les montagnes au loin, en train de siroter mon moka. Il y avait même du lait chaud. Natalie était assise à la table de la cuisine, et les hommes, Rand et Boone, étaient appuyés contre le plan de travail.

— Je suis désolée de ne pas t'avoir tout dit. Ce n'était pas à moi de te le dire, et je protégeais non seulement Rand, mais aussi toute la meute, dit Natalie.

Puis elle tendit le bras par-dessus la table en bois et me prit la main lorsque je m'assis.

Elle avait attaché ses boucles rousses en queue de cheval, et ses yeux marron étaient chaleureux, mais je voyais qu'elle craignait que je la déteste.

Je souris, mon autre main enroulée autour de ma tasse. Je portais un legging tout doux, des chaussettes épaisses et un pull à col roulé ample. Il avait neigé pendant que Boone et moi dormions, quelques centimètres qui faisaient tout briller dehors.

— Je comprends. J'imagine qu'on pourrait te

prendre pour une folle et te faire interner pour avoir dit que les loups métamorphes existaient, et certains le crieraient sur tous les toits.

Elle jeta un coup d'œil à Boone, lui adressa un sourire malicieux et ajouta :

— Pas toi. Pas maintenant que tu as trouvé ton compagnon. Je suis tellement heureuse pour toi.

Je fronçai les sourcils.

— Compagnon ?

Rand se décala du comptoir et lança un regard d'acier à Boone. Ses cheveux noirs étaient encore mouillés après la douche, ce qui faisait ressortir ses yeux bleus.

— Euh, elle ne sait pas ?

Je commençais à me sentir à nouveau inquiète. Elle ne savait pas quoi ?

— Elle sait, répondit Boone à Rand.

Rand inclina la tête.

— Tu es sûr ?

— Les gars, dit Natalie en me montrant du doigt. Elle est juste là. Pourquoi ne lui demandez-vous pas ?

— Euh, oui, je suis juste là, répétai-je, car Natalie semblait elle aussi parler de moi comme si je n'étais pas là.

— Tu es ma compagne, dit Boone d'un ton désinvolte avant de prendre une gorgée de café.

Je les regardai tous les trois, tour à tour.

— Euh, quoi ?

— C'est ton compagnon, dit Natalie d'une voix douce.

Son visage exprimait une grande satisfaction, ce qui signifiait que c'était une bonne chose ?

Natalie regarda Rand avec un regard plein d'amour.

— Rand est mon compagnon.

— Ce qui signifie, dis-je en étirant le mot, qu'il est ton mari ?

— Oui, mais le mariage, c'est une chose humaine. Sur le papier, légalement, nous sommes mariés. Mais c'est un métamorphe, et eux, ils se moquent de ces choses-là.

— Je l'ai fait pour Nat, dit Rand doucement. Mais elle a raison. Les métamorphes n'ont pas besoin d'un certificat de mariage pour être ensemble.

— Parce que j'ai senti ton odeur, et mon loup a immédiatement su que tu étais à moi, déclara Boone.

Je me crispai. Une porte se referma dans ma poitrine. Je posai ma tasse avec un bruit sourd et secouai la tête.

— Non. Je ne serai plus jamais à *personne*. Je l'ai déjà fait une fois, et... et je me suis perdue.

Natalie me prit à nouveau la main et la serra.

— Je sais, mais c'est différent. Boone, avec son ton bourru, dit qu'un métamorphe sent l'odeur de sa compagne, même si elle est humaine, et que cela leur suffit. Ils savent que tu es la bonne personne. Pas besoin de licence de mariage ni de cérémonie.

— C'est pour ça que tu n'arrêtais pas de dire que j'étais à toi, hier soir ?

Les lèvres de Natalie esquissèrent un sourire.

— Ça ne semblait pas te déranger quand tu étais assise... commença Boone.

Je levai la main et sentis mes joues s'empourprer. Allait-il vraiment raconter à nos amis, autour d'un café, que je m'étais assise sur son visage et que je m'étais agrippée à la tête de lit cassée pendant qu'il me faisait jouir ?

Oui, apparemment, il allait le faire.

— Tu es à moi. On va rassembler tes affaires, partir d'ici et monter dans ma cabane dans la montagne.

Je me laissai glisser sur la banquette.

— Euh. Quoi ? Rassembler mes affaires ?

Boone acquiesça. Il portait les mêmes vêtements que la veille. Ses cheveux étaient un peu ébouriffés par mes doigts et après la nuit de sommeil, mais il était toujours aussi beau.

Il acquiesça.

— Oui, on va faire tes valises en un rien de temps.

— Tu veux que j'*emménage avec toi* ? criai-je.

Oh non. Pas question. Cela n'allait pas se produire. Je n'étais même pas encore divorcée. Il m'avait fallu trois ans pour trouver le moyen de quitter Marty. Il était hors de question que je me retrouve à nouveau dans cette situation.

— Tu es ma compagne. Ta place est à mes côtés.

— Dans la montagne ? Ma voiture ne pourra pas monter là-haut, pas avec la neige.

Je pensais que le ranch de Natalie était isolé, à quelques kilomètres d'une petite ville, mais dans les bois ? Dans la neige ?

Il secoua la tête.

— Je conduirai. Tu n'as pas besoin de ta voiture.

C'était pour ça que les gens ne couchaient pas avec des inconnus. Ce qui semblait sexy et attirant la nuit n'était plus pareil à la lumière crue du matin. Boone était possessif. Il voulait que je déménage dans la montagne pour vivre avec lui. Que j'abandonne mon petit appartement confortable pour lui. Pour un endroit où je ne pourrais pas conduire ma voiture et où il devrait me conduire partout.

Je levai la main.

— Non. Non. Ça n'arrivera pas.

Rand posa sa main sur le bras de Boone.

— Calme-toi, vieux. Tu lui fais peur.

Boone écarquilla les yeux. Manifestement, il ne se rendait même pas compte que ce qu'il venait de dire était complètement dingue et qu'il avait levé plus de drapeaux rouges qu'un marin en train de lancer des signaux d'alarme.

— En quoi le fait d'être ma compagne est-il

effrayant ? demanda Boone, l'air complètement perplexe. Ma belle, je t'ai dit que je ne te ferais jamais de mal. Ta place est à mes côtés, et je prendrai soin de toi. J'ai plus d'argent qu'il m'en faudra pour plusieurs vies. Tu n'auras même plus besoin de travailler chez Cody.

Natalie leva les yeux au ciel et gémit.

Je me faufilai le long du banc et me levai d'un bond, abandonnant mon café.

— Non, dis-je d'un ton sec en tendant la main. Je ne veux pas de ça. Je ne veux pas quitter mon travail et vivre isolée dans la montagne où tu surveilleras chacun de mes gestes.

— Bien sûr, il ne le pense pas vraiment, dit Natalie en jouant les médiatrices. Il va finir son café, t'embrasser pour te dire au revoir, et...

— Quoi ? demanda Boone, coupant la parole à Natalie.

Mais elle insista.

— Il te verra chez Cody ce soir pour le karaoké. J'ai envie de t'entendre chanter depuis que tu as emménagé ici.

— Mais...

— Allons déneiger l'allée.

Rand attrapa Boone par les biceps et tenta de le tirer vers la porte arrière.

Je baissai les yeux, craignant de céder à tout ce que Boone allait dire ensuite, vu son regard.

— Summer, tu es à moi, dit-il. Tu es ma compagne. Il ne faut pas que tu aies peur.

— Allez, mon grand, dit Rand.

La porte arrière était ouverte, un courant d'air froid envahissait la pièce.

Boone n'ajouta rien d'autre et partit avec Rand.

Lorsque la porte se referma derrière eux, Natalie dit :

— Les hommes ! Ce sont des idiots. S'ils n'étaient pas doués avec leur bite, est-ce qu'on aurait vraiment besoin d'eux ?

Je me tournai vers elle et éclatai de rire.

Elle rit aussi.

11

BOONE

Nous marchions péniblement dans la neige fraîche vers le garage le plus éloigné. Rand tapa un code sur le clavier et la porte se souleva.

— Tu sais que son ex est un vrai salaud ? demanda Rand.

Notre souffle formait des nuages givrés. Je ne ressentais pas le froid mordant, mais mes yeux n'appréciaient pas les reflets éblouissants du soleil sur la neige, alors je plissais les paupières.

— Oui. Cody m'a dit qu'elle était mariée et qu'elle était en instance de divorce. Et je pense qu'il lui a fait du mal, répondis-je, me souvenant de ce qu'elle m'avait confié la veille.

Et aussi du manque de cunnilingus.

— Oui, il était possessif. Dangereusement possessif. Il lui disait quoi porter. Il lui a fait perdre son travail. Ses amis. Il l'a isolée.

J'écarquillai les yeux en le suivant dans le garage jusqu'au pickup équipée d'une lame à l'avant. Il monta à bord, côté conducteur, et je pris place de l'autre côté. Il démarra le moteur, sortit du garage, abaissa la lame et commença à déblayer la neige.

— Elle réalise seulement maintenant à quel point toute la situation était merdique. Maintenant qu'elle est en sécurité.

— Merde, ce n'est pas ce que je veux pas faire, dis-je.

Il me jeta un coup d'œil pendant une seconde.

— Je sais, mais tu lui as dit, à elle, à une humaine, une humaine qui a un ex très con et très manipulateur, qu'elle était à toi, qu'elle t'appartenait, que tu allais l'emmener dans une cabane isolée dans les montagnes où elle ne pourrait pas prendre sa voiture, et qu'elle allait quitter son travail parce qu'elle était ta compagne. Oh, et vous vous êtes rencontrés il y a moins de douze heures.

Putain.

Je voyais où il voulait en venir.

— Le fait qu'elle soit humaine rend les choses difficiles à comprendre pour elle.

Il poussa un soupir en négociant un virage à mi-chemin de la route.

— Crois-moi, je sais à quel point il est difficile de faire comprendre à une femme humaine ce qui est dans notre nature. Tu devrais t'estimer chanceux qu'elle sache ce que tu es. Nat m'a vu me transformer quand j'étais enfant, donc elle savait aussi, mais les autres métamorphes... ils ont eu beaucoup de mal à expliquer comment les choses fonctionnaient.

Dans le camion, l'air commençait à se réchauffer, mais je ne m'en rendais presque pas compte.

— Ça a l'air plus compliqué, en effet. Je ne vois pas comment Summer pourrait croire en moi si elle ne comprend pas que « à moi » ne signifie pas que je veux la posséder.

— Mais toi, tu le sais, rétorqua Rand. Nat est à moi. Elle m'appartient. Elle est mon *obsession*. L'important, c'est que Summer sache que cela la place sur un piédestal. Qu'elle est la chose la plus importante dans ta vie. Que tu ferais n'importe quoi pour elle.

— Oui, tout à fait, je jurai en hochant la tête.

Il poussa la neige directement de l'autre côté de la route en terre battue, puis opéra un demi-tour en trois temps pour redescendre son allée et déneiger l'autre côté.

— Y compris lui laisser son espace personnel, ajouta Rand. Comme partir d'ici sans elle et la retrouver ce soir chez Cody.

Je serrai les poings sur mes cuisses.

— Mais bordel, pourquoi faudrait-il que je fasse ça ?

— Elle a besoin de mener sa propre vie, expliqua-t-il.

Je fronçai les sourcils.

— Mais je dois veiller sur elle.

Rand soupira.

— Je veille sur elle ici. Cody le fait au travail. Elle est en sécurité. Si son ex se pointe...

Je tournai la tête et regardai mon ami et compagnon de meute.

— Si son ex se pointe, c'est un homme mort. Levi est peut-être shérif, mais nous rendrons justice au nom de la meute.

Rand serra les mâchoires.

— D'accord.

— Écoute, je sais que tu es super intelligent. L'investissement dont tu m'avais parlé a quadruplé de valeur. Mais une compagne, c'est tout autre chose. Il n'y a pas de manuel pour ça. Il n'y a pas de logique. Tu ne peux pas utiliser ton cerveau dans ce cas-là. Tu dois utiliser ton cœur... et peut-être ta bite. Pour une fois, laisse-la te guider.

12

SUMMER

— Il me fait peur, Nat, dis-je.

Je retournai à table et repris mon café. Il aurait été dommage de gaspiller une caféine aussi délicieuse.

Elle pencha la tête.

— Ma belle, je peux te répéter jusqu'à en perdre la voix que Boone ne te ferait jamais de mal. Jamais. S'il a senti ton odeur, alors tu es sa compagne, et il est dans sa nature même de faire tout ce qui est en son pouvoir pour te protéger et te rendre heureuse.

— Comme Rand le fait avec toi ?

J'avais vu comment il la traitait, et je l'enviais. C'était la première chose qui m'avait fait réaliser à quel point Marty avait été vraiment horrible. Boone serait-il comme ça avec moi ?

Elle acquiesça.

— Oui, comme Rand le fait avec moi. Je dois admettre qu'au début, il était un peu... étouffant. Quand les métamorphes s'engagent à fond pour leur compagne, ils ne font jamais les choses à moitié.

En effet, comme Boone.

— Tu avais peur ?

Elle m'adressa un petit sourire.

— Non. J'étais peut-être un peu paniquée, mais Rand a toujours été adorable. Grognon, certes, mais gentil. Je me sens en sécurité avec lui et avec tous les autres membres de la meute.

— Lui... Boone, il ne semble pas savoir quoi dire. Comme s'il avait peur que tout ce qui sort de sa bouche me fasse fuir.

— Boone est un homme intéressant. Tu savais qu'il a fait ses études à New York ? Il a obtenu un master en administration des affaires. Il a vécu et travaillé là-bas pendant des années.

J'écarquillai les yeux. Je ne le trouvais pas stupide, mais il semblait... hyper focalisé sur moi.

— Les métamorphes vivent dans de grandes villes comme New York ? m'étonnai-je.

Natalie haussa les épaules.

— Peut-être certains, mais ce sont des animaux grégaires, et ils adorent courir à la pleine lune. C'est assez difficile à faire dans une grande ville comme New York.

Je fronçai les sourcils, examinant la belle décoration de ma tasse qui, Nathalie me l'avait dit, avait été réalisée par son amie Joy.

— Alors pourquoi est-il allé là-bas ?

Elle but une gorgée de café.

— C'était bien avant mon arrivée, mais Rand m'a dit que lorsque le dernier alpha est mort, Boone était un candidat potentiel pour le remplacer, parce qu'il était le neveu de l'alpha décédé. Rob Wolf et Boone sont cousins germains. Le père de Boone, le frère de l'ancien alpha, voulait que Boone défie Rob pour le titre. Ils se sont disputés. Boone et son père, je veux dire. Ils se sont même battus. Son père a été blessé lors de l'altercation, et Boone est parti pour l'université de Columbia.

Waouh, ça ne ressemblait pas au Boone que je connaissais.

— Quel âge avait-il ?

Elle but une gorgée de café.

— Seize ans, je crois. Boone et Rob ont à peu près le même âge.

J'écarquillai les yeux.

— À seize ans, il est parti à l'université ?

Elle acquiesça et sourit.

— Oui. Il est *très* intelligent. Il a décroché un poste

prestigieux à Wall Street où il s'occupait de l'argent des riches. Tu l'imagines en costume ?

Impossible ! Il aurait sûrement fallu un costume sur mesure. Peu importe à quel point il aurait été séduisant, je le préférais en chemise à carreaux. Ou nu.

— Alors pourquoi est-il revenu ?

Natalie haussa les épaules.

— Je ne sais pas trop. Il a dû lui arriver quelque chose de grave, car depuis, il s'est pratiquement isolé dans la montagne. Ce qui, pour en revenir à toi, explique pourquoi il agit de manière si étrange. Il n'a jamais eu de compagne auparavant.

— Pas d'anciennes compagnes ?

Elle secoua la tête.

— Ils ne peuvent en avoir qu'une seule. Certains se contentent d'une relation avec une autre métamorphe s'ils renoncent à trouver leur compagne, mais non. Il n'a jamais été comme ça avec une autre femme. Il faut lui laisser un peu de temps. Il a l'air grand, fort et courageux, mais il a aussi son propre vécu. Je pense que tout n'a pas été simple pour lui.

Je fronçai les sourcils, voyant soudain Boone comme plus qu'un simple grand gaillard. Il était fort, mais il avait des inquiétudes, des sentiments et des préoccupations comme tout le monde.

— Je ne te reproche pas d'avoir peur, surtout après ce qu'a fait Marty, mais c'était Marty. Tu ne peux pas attribuer son comportement à tous les hommes que tu rencontres. Surtout à Boone, car son caractère grognon ne changera pas. Tu vas juste avoir besoin d'un peu de temps pour commencer à lui faire confiance.

Je me mordis la lèvre.

— Nous avons... couché ensemble.

Elle sourit.

— Je m'en doutais, puisqu'il est venu prendre un café avec toi. Et alors ? dit-elle en haussant les sourcils.

— Et c'était incroyable.

Je lui souris à mon tour, rougissant en me rappelant à quel point ça avait été torride. Je n'aurais jamais imaginé que ça puisse être comme ça. Ce que j'avais vécu avec Marty, mon propre mari, pendant des années, n'était rien comparé à une nuit avec Boone.

— Alors oui, je lui ai fait suffisamment confiance pour l'amener chez moi.

— C'est un début, répondit-elle. Un bon début. Donne-lui juste une chance. Mais j'aime bien aussi ta façon de ne pas te laisser faire. Ne laisse aucun homme, métamorphe ou non, te marcher sur les pieds.

Je soupirai.

— Hors de question. Plus jamais.

— Bien. Tu as une tenue pour le karaoké de ce soir ? demanda-t-elle en changeant de sujet.

Cody organisait un karaoké une fois par mois. Natalie savait que j'adorais chanter et avait inscrit mon nom sur la liste des participants quelques semaines auparavant. Elle avait même dit aux autres filles,

Audrey, sa sœur Marina et les autres dont les hommes faisaient partie du Wolf Ranch, de venir regarder. Peut-être même de participer. C'était la première fois que je chanterais ailleurs que sous ma douche depuis que j'avais emménagé ici.

Non, je n'avais rien, vu que la dernière fois où j'avais chanté, Marty avait piqué une crise parce que des types m'avaient sifflée sur scène quand j'étais en minijupe. Il m'avait traînée dehors et m'avait sermonnée pendant tout le trajet jusqu'à la maison. Il m'avait dit que je ne chanterais en public, alors que c'était lui qui m'avait proposé de m'aider à lancer ma carrière musicale.

— Euh, je ne pense pas avoir besoin de porter quelque chose de spécial pour le karaoké, rétorquai-je, pensant peut-être à un jean et un pull à col roulé épais.

Elle écarquilla les yeux, leva le menton.

— Pas pour le karaoké, mais pour ta grande soirée ? Il te faut absolument quelque chose. Les gars sont en train de déneiger l'allée. Quand tout sera dégagé, nous irons faire du shopping en ville et nous te trouverons quelque chose qui mettra en valeur la star de la musique que tu es. Et puis, on veut en mettre plein la vue à Boone, non ?

Le sourire me vint malgré moi.

— Oui. Aux deux.

Elle applaudit.

— Oh, j'ai hâte de voir sa tête quand il t'entendra

chanter. Il va tomber comme un arbre dans la forêt. D'un coup et pour de bon. Ma chérie, j'espère que tu as beaucoup de petites culottes, parce qu'il va toutes les déchirer.

Une vague de chaleur m'envahit. Oh mon Dieu. Oh oui !

13

BOONE

Je garai mon pick-up chez Cody après la journée la plus longue de ma vie.

Être loin de ma compagne non marquée avait rendu mon loup complètement fou. À cause de cela, j'avais eu besoin de me transformer et de courir. J'étais rentré dans la montagne et j'avais laissé mon loup sortir.

Même cela n'avait pas suffi à soulager la pression qui m'habitait, alors j'avais pris ma hache et coupé une corde de bois provenant d'arbres que j'avais abattus et transportés, ensuite je l'avais chargée à l'arrière de ma camionnette et était allé la livrer à la quincaillerie de Cooper Valley.

Maintenant, le soir était enfin tombé, le bois avait été déchargé et vendu. Je pouvais revoir Summer, conformément aux règles que Rand avait établies pour moi.

Il m'avait dit que je devais lui laisser de l'espace aujourd'hui. Attendre le karaoké de ce soir chez Cody pour la revoir.

Ce que j'avais fait. Maintenant, je pouvais enfin poser les yeux sur Summer. M'imprégner de son odeur.

Elle ne travaillait pas ce soir, ce qui signifiait que je pourrais la séduire après, si elle me le permettait.

Mais je ne savais pas si elle accepterait de passer deux nuits d'affilée avec moi.

Le fait que Rand ait jugé nécessaire de m'éloigner d'elle ce matin prouvait que je ne savais pas comment me comporter avec elle.

Elle était attirée par moi. Je le savais à sa façon de me regarder. À la façon dont son odeur changeait quand je la touchais. Je savais que je lui avais procuré du plaisir sexuel. Mais elle avait subi un traumatisme, et Rand disait que j'y allais trop fort. Cody avait dit la même chose. Il m'avait conseillé de lui laisser l'initiative.

Je pouvais faire des calculs mathématiques dans ma tête. Je pouvais débattre de l'éthique du progrès génétique. Je pouvais calculer le PIB de plusieurs pays étrangers et son impact sur les fluctuations boursières.

Mais je ne savais pas comment me comporter avec Summer. Comment agir et parler pour ne pas l'effrayer. J'avais l'impression d'être... un idiot.

— Putain ! criai-je dans l'habitacle de mon véhicule.

J'étais un métamorphe. Un énorme métamorphe. Lorsque mon loup avait enfin senti l'odeur de sa compagne, j'avais dû aller à l'encontre de tous mes instincts qui voulaient que je la protège. Ce n'était pas une question d'intelligence, mais de biologie.

Je devais garder mon loup sous contrôle. Je devais trouver comment être « cool » avec elle, comme aurait dit mon frère.

Je sortis de la camionnette et scrutai le parking à la recherche de la vieille Subaru cabossée de Summer. Je n'aimais pas qu'elle conduise ce vieux truc, qui avait plus de quinze ans et n'était pas équipé des derniers dispositifs de sécurité qui protègent les humains en cas d'accident. C'était quand même une assez bonne voiture pour tous les temps et probablement assez fiable, mais j'allais lui trouver quelque chose de plus récent. Un SUV, peut-être, pour qu'elle ait assez de place pour transporter nos futurs louveteaux et pour qu'elle puisse monter facilement les routes de montagne.

Voulait-elle des louveteaux ? Et moi, est-ce que j'en voulais ? Elle disait qu'elle prenait la pilule, mais en voyant mon sperme couler de sa chatte, je m'étais dit qu'il faudrait du temps pour qu'elle tombe enceinte.

Putain, à ce stade, je m'en fichais qu'elle veuille des louveteaux ou non. Je voulais qu'elle soit ma compagne, tout simplement, et s'entraîner était sacrément amusant. Nous déterminerions le reste ensemble, si seulement je pouvais nous faire *être ensemble*.

Je n'avais jamais rien voulu autant de toute ma vie.

Jusqu'à présent, je n'avais pas été pas du genre à avoir besoin des autres. Après avoir passé tant de temps à New York, je préférais une vie solitaire dans les bois. Je me rendais rarement aux réunions de la meute. Je passais parfois du temps avec mes frères. Je m'étais résigné à mourir seul dans ma cabane, ce qui, jusqu'à la nuit dernière, ne m'avait pas dérangé.

Mais Summer avait tout changé.

J'allais devenir fou, souffrir de folie lunaire, si je ne la marquais pas. Mais surtout, j'avais soudainement envie de beaucoup plus dans ma vie.

J'avais regardé autour de moi dans ma cabane aujourd'hui, essayant de la voir à travers ses yeux, et j'avais réalisé que j'étais un homme beaucoup trop simple. Je vivais dans une pièce unique avec une mezzanine et une salle de bain. J'avais construit cette cabane à partir des rondins que j'avais abattus. Les meubles avaient été fabriqués par mon frère. Elle était remplie de livres. Il n'y avait pas de télévision. Il n'y avait ni dentelle, ni soie, ni rien de plus doux que ma couette en coton. Je n'avais rien d'intéressant à offrir à une jeune compagne pleine de vie. Summer allait sans doute s'ennuyer ou se sentir isolée. Elle allait penser que son existence serait rude. Il était temps de changer les choses, ça ne pouvait pas rester ainsi.

Même si mon loup savait que Summer nous appartenait, cela ne changeait rien si je n'étais pas digne d'elle. C'était peut-être ce que Rand et Natalie avaient essayé de me faire comprendre.

J'avais beaucoup d'argent. J'avais une maison. Je pouvais prendre soin de Summer.

Mais est-ce que je pouvais la rendre heureuse ? Il était temps d'utiliser cet argent pour faire des changements et transformer la cabane en quelque chose de plus qu'un simple abri. Pour en faire notre chez-nous à tous les deux.

Rencontrer Summer m'avait fait réaliser que j'étais trop isolé. J'avais vraiment besoin de sortir davantage. De renouer avec ma meute au lieu d'éviter complètement les réunions sociales. De trouver un passe-temps autre que lire des livres sur les blocus militaires de la guerre de dix-huit cent douze et sur l'entomologie du coléoptère du frêne, couper du bois et construire des cabanes en rondins.

Je rentrai ma chemise à carreaux propre dans mon jean et montai les marches en bois qui menaient au

Cody's Saloon. C'était dimanche, donc l'ambiance était beaucoup plus calme que la veille. En entrant, je remarquai qu'il n'y avait qu'une poignée d'habitués autour du bar. Un type était sur scène et chantait faux « Friends in Low Places » dans le micro, et le reste du public fredonnait en chœur.

Lorsque je sentis l'odeur de ma compagne, j'aperçus Summer assise près de la scène avec Natalie, Rand et la compagne de Cody, dont j'avais oublié le nom. Certains autres membres de la meute étaient également présents avec leurs compagnes : Rob et Willow, Johnny et sa nouvelle compagne, dont j'avais également oublié le nom. Merde, il fallait que je sois plus proche de ma meute. Ces femmes étaient humaines et seraient de bonnes amies pour Summer.

Summer leva les yeux, comme si elle avait instinctivement senti mon arrivée, et mon souffle se bloqua dans ma poitrine. Son visage arborait une légèreté qui n'avait pas été là la dernière fois.

À cause de moi ?

Bon sang, j'osais à peine espérer que ce soit le cas.

Peut-être était-ce simplement dû à une bonne partie de jambes en l'air, et si c'était pour cette raison, je m'en contenterais. J'avais bien l'intention de m'assurer que ma compagne soit toujours comblée au lit.

Je me dirigeai vers elle à grands pas, slalomant entre les tables et les clients, avec l'intention de lui demander la permission de la toucher à nouveau, mais elle s'était levée et courait déjà vers moi.

Elle courait.

Et bon sang, elle était superbe. Elle portait un short en jean coupé sur des collants résille noirs, des bottes de cow-girl noires et un pull court turquoise à poils longs.

Bon sang. Elle était à croquer.

Et j'avais *clairement* l'intention de me régaler.

Je m'arrêtai, fasciné. Un sourire se dessina sur mes lèvres. Une partie de moi voulait regarder derrière moi pour m'assurer qu'elle ne courait pas vers quelqu'un d'autre. Mais non, elle me regardait droit dans les yeux.

J'écartai les bras et attendis.

Elle bondit sur un pied et se jeta sur moi, ses jambes s'enroulant autour de ma taille.

Je passai mon avant-bras sous ses fesses et la fis tournoyer, respirant son odeur de miel. Putain, oui. C'était ce que j'avais attendu toute la journée. Je ne voulais pas la reposer. En fait, je voulais faire demi-tour et sortir du bar.

— Oh, ma toute belle. C'était le meilleur accueil qu'un homme puisse recevoir, lui dis-je en continuant à la faire tournoyer. Comment es-tu devenue aussi adorable ?

Elle releva le menton pour me regarder dans les yeux.

— Je t'ai manqué ? demanda-t-elle d'une voix enjouée.

Elle était *nettement* plus joyeuse et plus rayonnante que la veille. Encore plus que ce matin, après nos orgasmes. Et elle était *vraiment* contente de me voir.

Peut-être que, comme le dit le dicton : Quand l'autre s'éloigne, le cœur se rapproche. Mais *ceux* qui disaient cela n'étaient clairement pas des métamorphes.

Je pensais qu'une journée de séparation m'avait rendu fou de désir, à la limite de la folie, mais que cela avait dû être différent pour elle. Sauf qu'elle avait *couru* vers moi. Personne ne faisait cela, sauf s'il avait très, très envie de voir cette personne. Si elle m'avait détesté, comme je l'avais craint, elle aurait traversé le couloir arrière et serait sortie par l'issue de secours.

— Tu m'as tellement manqué que je suis devenu un peu fou, et ce n'est pas une exagération, lui répondis-je en lui caressant le cou.

Elle rit en me souriant, et je me forçai à lui rendre son sourire quand je compris qu'elle pensait que c'était une blague.

Bon.

J'étais censé la laisser respirer.

Ne pas l'étouffer.

Et surtout ne pas lui montrer que je ne pouvais pas passer un après-midi sans elle. Peut-être que j'étais vraiment fou.

— Je plaisante, ajoutai-je. Oui. C'est une hyperbole.

— Oh, Boone, souffla-t-elle, et le fait qu'elle prononce mon nom me calma un peu.

Je la ramenai vers le groupe, et elle donna des coups de pied dans mon dos avec joie.

— Permission de continuer à te tenir ainsi toute la nuit ? demandai-je.

Elle rit et me repoussa au niveau des épaules, et je la posai à contrecœur, pour que ses pieds touchent le sol, tout en gardant le contact avec une main sur sa hanche.

— Est-ce que tout le monde ici connaît Boone ?

Elle me présenta au groupe réuni autour des tables regroupées devant la scène. La veille, cet espace avait été réservé à la danse. Ce soir, l'ambiance était plutôt lounge.

— Boone, ravi de te voir.

Rob se leva et me donna une tape dans le dos, puis se tourna vers le groupe.

— Voici mon cousin. Lui et ses frères sont comme des ours, car ils passent plus de la moitié de l'année terrés dans la montagne.

Merde. Mon alpha me faisait des remarques, mais comme c'était quelqu'un de franc, il ne faisait que dire la vérité.

Il avait raison, et la meute me cassait toujours les couilles à ce sujet, mais devant Summer, il me semblait soudain que c'était une erreur que j'aurais déjà dû corriger. Seulement, j'avais pensé que tout le monde serait plus en sécurité si je restais à l'écart.

Y compris Rob Wolf. Il était au courant de l'intérêt marqué de mon père pour que je devienne alpha à sa place. Il savait que je l'avais presque tué dans un accès de rage. Au lieu d'être interrogé par le Conseil des métamorphes, j'étais parti à l'université et j'étais resté loin de la meute.

Maintenant que j'étais de retour, Rob ne semblait pas m'en vouloir. Il semblait penser que mon isolement était une mauvaise chose, mais je l'avais fait pour lui. Pour tout le monde dans la meute. Mais maintenant que j'avais Summer...

Je me frottai la nuque, sentant que ce défaut était un obstacle évident pour *séduire* ma compagne.

Elle avait dû voir le doute sur mon visage, car elle m'enlaça sur le côté et me serra contre elle. Putain, ça faisait du bien.

— J'adore les grands montagnards costauds, déclara-t-elle devant le groupe, qui avait probablement été informé qu'elle était ma compagne.

Mon cœur – et ma bite – semblèrent gonfler et se réchauffer.

Elle aimait les grands montagnards costauds.

C'était moi. MOI.

Elle essayait probablement juste de me réconforter, mais je gardai ses paroles en tête.

Sur scène, le chanteur termina sa prestation sous les applaudissements, et le présentateur reprit le micro.

— Et maintenant, place à Summer ! Summer, que vas-tu chanter, ma puce ?

14

SUMMER

Boone se raidit lorsque le présentateur m'appela « ma puce », et je me crispai moi aussi, pour une raison complètement différente, l'estomac noué. Apparemment, j'avais été conditionnée à éviter les drames après toutes les crises de Marty, car s'il avait été à mes côtés et que le type m'avait appelée « ma puce », il aurait pété les plombs.

Il aurait pensé que j'avais flirté avec lui, voire couché avec lui, pour obtenir une place sur la liste du karaoké. Il aurait pensé que ma tenue faisait de moi une salope. Il aurait pensé... toutes sortes de conneries ridicules qui avaient amené ma vie à un point mort, avec une faible estime de moi-même.

Je levai les yeux vers Boone et aperçus le regard noir qu'il lançait au présentateur. Je sentis ses doigts se resserrer autour de ma taille.

Oh, mon Dieu. Il regardait le présentateur exactement comme Marty l'aurait fait. J'eus un peu la nausée. Je ne pouvais pas répéter ce que j'avais vécu. Je déglutis péniblement, la bouche soudainement sèche.

Puis le regard sombre de Boone se posa sur moi, et ses sourcils se froncèrent d'inquiétude.

— Ça va, ma chérie ?

— Tu n'es... tu n'es pas fâché que je chante ? Que je porte ça ?

C'était à son tour de froncer les sourcils en me dévisageant de la tête aux pieds.

— En colère ? Bien sûr que non. J'ai hâte d'entendre ma femme chanter. Et cette tenue ? Bon sang, tu me fais beaucoup d'effet !

Il avait hâte... ? Il... il n'était pas en colère contre moi. Je pris une inspiration et expirai.

Bien.

Mais s'il était du genre jaloux et possessif. Est-ce qu'il allait me reprocher, comme Marty, que le type m'ait appelée « ma puce » ? Le présentateur avait appelé de cette façon toutes les femmes qui avaient eu le courage de monter sur scène.

Il se tourna vers moi et me releva le menton.

— Tu as le trac ? me demanda-t-il d'une voix douce. Ne t'inquiète pas. Tu vas être géniale.

Le sourire qu'il m'adressa était irrésistible. Rien qu'à le voir, mes tétons se durcirent.

Il pensait que j'avais le trac à l'idée de chanter. Ce n'était pas le cas. J'avais chanté toute ma vie. Quand j'avais emménagé en ville, Natalie m'avait demandé de faire partie des Barn Cats, le groupe dans lequel elle jouait du violon, mais j'avais refusé sans même prendre le temps d'y réfléchir.

Marty avait détruit ma passion pour la musique.

Marty avait tout détruit pour moi.

Depuis, Natalie avait cessé de me pousser à rejoindre les Barn Cats et m'avait suppliée, pour que je vienne au moins à la soirée karaoké. J'avais accepté uniquement pour qu'elle me laisse tranquille. Ce matin-là, elle avait qualifié cette soirée de « grande soirée » avec Boone. Elle avait dit qu'il tomberait comme un arbre quand il m'entendrait chanter.

Elle avait beaucoup plus confiance en mon talent que moi. Il était impossible que je fasse tomber un géant comme Boone.

Mais ses paroles, fondées ou non, m'avaient redonné un peu de ma force. Je me souvenais de la manière avec laquelle je captais l'attention du public. De la manière dont j'absorbais son énergie et m'en nourrissais. Je n'avais jamais joué dans de grandes salles, seulement dans des cafés et des bars de centre-ville, mais cela m'avait donné l'occasion de partager ma musique. Les chansons que j'avais écrites.

Je rêvais d'obtenir un jour un contrat d'enregistrement et de me produire sur de plus grandes scènes.

Mais Marty m'avait convaincue que c'était idiot. Que je n'avais aucun talent. Ou plutôt, que je pensais avoir du talent parce que tout ce que les gens voyaient, c'était mon attitude provocante.

Boone m'accompagna vers la scène et j'entendis le clan du Wolf Ranch m'applaudir et m'acclamer.

— J'ai hâte de t'entendre chanter, ma belle, murmura-t-il en serrant brièvement ma hanche.

Un autre de mes soucis avait disparu. Il ne voulait pas m'empêcher d'être le centre de l'attention. Cela ne le dérangeait pas. En fait, il m'avait conduite jusqu'à la scène pour que je chante. Cela n'entamait en rien sa virilité, même si je ne savais pas s'il existait un homme plus viril que lui.

C'était aussi un bon signe.

Je pris une profonde inspiration, puis expirai.

Peut-être que cela ne serait pas le désastre que j'avais commencé à imaginer. Peut-être que j'allais pouvoir chanter sans avoir de problème.

Je montai sur scène et pris le micro des mains de Joe, le maître de cérémonie.

— Merci, Joe. Et un conseil, je pense que mon cavalier va te mettre son poing dans la figure si tu m'appelles encore « ma puce ».

J'avais tourné cela en plaisanterie, même si une partie de moi se sentait encore un peu mal à l'aise.

Cela avait fonctionné. Joe prit un air penaud et haussa les épaules. La foule rit, et tout le monde se tourna vers Boone, debout sur le côté de la scène.

Il croisa les bras sur son torse imposant. Était-il en train de jouer le jeu ou était-il sérieux ? Difficile à dire.

— Waouh, Boone, dit Joe en lui faisant un petit signe de la main. Désolé. Je ne savais pas que tu étais avec Summer. Je ne voulais pas te manquer de respect.

Il le connaissait manifestement, ce qui était logique. C'était une petite ville où tout le monde semblait se connaître.

Boone inclina la tête.

Il se tourna vers Boone et le public.

— Voici ta chanson. Shania Twain, c'est ça, Summer ? Tu n'es pas « ma puce ». Je ne t'appellerai plus jamais « ma puce ».

Joe ne semblait pas effrayé. Il jouait le jeu pour le public, et tout le monde riait. Boone avait peut-être même esquissé un sourire.

J'acquiesçai, me balançant au rythme de la musique qu'il avait déjà lancée. C'était « That Don't Impress Me Much », et je me laissai vraiment entraîner par la musique, m'amusant et chantant à tue-tête.

Boone me regardait, bouche bée, les yeux brillants quand j'atteignais les notes aiguës. Je me trémoussais sur scène dans mon short moulant et le public sifflait et criait. Boone sifflait le plus fort. Quand je finis la chanson, il hurla et leva ses poings musclés en l'air comme si je venais de marquer un touchdown pour son équipe préférée.

— Merci à tous, dis-je dans le micro avant de le rendre, essoufflée et ravie.

Boone vint à l'extrémité de la scène pour me rejoindre.

— Attrape-moi.

Je sautai à nouveau dans ses bras, et il me rattrapa comme si j'étais un oreiller en plumes. Je ne savais pas pourquoi j'étais fascinée par l'idée de grimper sur lui, mais bon sang, ça faisait du bien. Il était aussi grand qu'un arbre et tout aussi robuste, et je supposais que cela me rassurait de sauter de la scène en sachant qu'il serait là pour amortir ma chute.

Ou peut-être n'était-ce qu'un préliminaire. Parce que m'asseoir à califourchon sur ses hanches m'excitait *incontestablement*.

— Je peux te tenir comme ça toute la nuit ?

Boone réessaya après avoir embrassé mon sternum et ma nuque. Je ris sans répondre. Il me ramena vers le groupe des tables où nos amis étaient assis.

— Tu as une voix incroyable. Où as-tu appris à chanter ? me demanda-t-il en s'enfonçant dans une chaise, me gardant à califourchon sur sa taille.

Cela faisait beaucoup de démonstrations

d'affection en public, mais personne ne semblait s'en soucier.

En fait, tout le monde nous adressait des sourires bienveillants.

Personne ne semblait considérer Boone comme un danger. Natalie ne cherchait pas à m'éloigner de lui. Aucune des autres femmes non plus. Aucun des hommes. Le chef de la meute ne devrait-il pas m'empêcher de fréquenter un membre de la meute s'il était dangereux ?

Je devais me détendre. Cesser de chercher des problèmes potentiels et simplement voir où cela nous mènerait. Boone n'était pas Marty.

Je n'étais plus la jeune femme naïve de vingt ans.

J'étais plus sage. Je savais ce que je valais. Je connaissais mes sentiments.

Natalie répondit à ma place, car j'étais perdue dans mes pensées, les yeux rivés sur Boone.

— Summer écrit ses propres chansons. C'est une musicienne professionnelle.

Je ressentais une douloureuse oppression dans ma poitrine dès qu'on abordait le sujet de ma carrière musicale. Ou plutôt de mon absence de carrière.

— Non, pas du tout, répondis-je rapidement. Je veux dire... Enfin, j'ai essayé mais c'est du passé.

— N'importe quoi, rétorqua Natalie en levant son verre. Elle a énormément de talent, et si c'est du passé, c'est uniquement à cause de ton ex. Il est temps que tu te lances, ma chérie !

Une jeune femme et ses amies montèrent sur scène et se mirent à chanter une version épouvantable de « Girls Just Wanna Have Fun ». Il était difficile de ne pas grimacer, mais elles avaient l'air de s'amuser, et c'était ça aussi, la musique.

— Tu fais la première partie des Barn Cats demain soir. C'est décidé, dit Natalie en me lançant un regard sévère.

Je n'avais pas encore donné mon accord, mais elle continuait à me pousser. À présent, avec Boone qui me regardait d'un air encourageant, et tous les autres membres du Wolf Ranch autour de la table, je finis par céder :

— D'accord.

Boone m'observa. Il fronça les sourcils, ayant sans doute compris certaines choses.

— J'ai hâte d'en entendre plus. La musique est importante pour toi. Tu as abandonné à cause de lui ? demanda-t-il à voix basse, et nos amis détournèrent le regard pour nous donner un peu d'intimité.

Le fait que quelqu'un que je ne connaissais que depuis vingt-quatre heures ait deviné mon secret le plus douloureux me mit mal à l'aise et me noua l'estomac. Je détournai le regard.

Boone avait dû lire la réponse dans ma réaction

silencieuse, car une vague de colère déforma son visage. Je sentis qu'il grognait au creux de sa poitrine.

Je me rendis compte que j'aurais dû avoir peur – il avait vraiment l'air terrifiant quand il était en colère, mais ce n'était pas le cas. Peut-être était-ce parce qu'il m'enlaçait. Peut-être était-ce parce que je comprenais que c'était pour moi qu'il était en colère.

— Oui, dis-je en avalant ma salive.

Quelle idiote j'avais été.

— Marty n'aimait pas qu'il y ait quoi que ce soit dans ma vie qui, à ses yeux, soit plus important que lui, avouai-je.

J'avais honte en prononçant ces paroles et ma voix avait une tonalité marquée par la souffrance. Cela me faisait mal de dire ces mots, même si j'avais longuement discuté de tout cela avec Natalie au cours des deux derniers mois.

À Cooper Valley, chaque jour, je remerciais Dieu d'avoir une amie comme Natalie, qui m'avait donné un endroit où vivre, m'avait aidée à trouver un travail et m'avait aidée à tenir le coup pendant la procédure de divorce.

Boone serra les mâchoires.

— S'il se pointe ici, je lui arracherai les bras, grogna-t-il.

Cette image était si frappante que je souris, même si je soupçonnais Boone d'être capable d'un tel exploit.

À en juger par ce que j'avais vu la nuit dernière lorsqu'il avait arraché les pieds du lit cassé, il avait une force surhumaine.

Je caressai sa barbe douce. C'était un géant grincheux et grognon, et il voulait être à moi.

— Tu es plus importante que n'importe quel homme, déclara Boone.

Je le fixai. Est-ce qu'il s'incluait dans cette phrase ?

— Ton talent est incroyable, et je n'ai entendu qu'une seule chanson. Ta musique est importante pour toi. Tu ne vas pas arrêter parce qu'un homme immature a eu l'impression que tu ne lui accordais pas assez d'attention, n'est-ce pas ?

Sa description de Marty m'arracha un sourire. Natalie m'avait posé la même question, mais je m'étais sentie trop découragée, trop abattue lorsqu'elle me l'avait posée. Je n'avais pensé qu'à une chose : obtenir le divorce et me débarrasser de lui pour de bon. Gagner assez d'argent pour payer l'avocat et commencer à payer le loyer à Natalie et Rand.

Mais la façon dont Boone me l'avait demandé me donnait du courage. Comme si Marty n'avait aucune importance.

Ma musique était-elle importante ?

J'essayais de mettre des mots sur la honte et la douleur qui entouraient la musique.

— Je suppose... J'ai l'impression que c'est ma

carrière musicale qui a fait que je me suis retrouvée coincée avec Marty.

Je vis une petite lueur dans les yeux de Boone lorsque je prononçai le nom de Marty, comme s'il le cataloguait et le gardait pour plus tard.

— Qu'est-ce que tu veux dire ?

Je me mordis la lèvre, puis lâchai les mots.

— Il m'a convaincue d'emménager avec lui et de l'épouser, et m'a promis qu'il me soutiendrait pendant que je me concentrais sur ma carrière. Je pensais...

Le visage de Boone s'assombrit et il dit :

— Il a fait le contraire, il a détruit ta carrière.

J'étais choquée de l'entendre décrire les faits de cette manière, mais les larmes qui me montèrent immédiatement aux yeux confirmèrent que Boone avait raison : Marty avait détruit ma carrière.

Cependant, je devais aussi admettre ma part de responsabilité.

Je haussai les épaules, dépitée.

— Oui. Il pensait que je flirtais avec tout le monde, comme quand j'ai parlé à Joe. Que si un type comme lui m'appelait « ma puce », c'était que je devais coucher avec lui. Que quand je chantais, ils m'applaudissaient uniquement parce que je portais des vêtements provocants. Il a dit tellement de choses qui m'ont brisée, mais c'est moi qui l'ai laissé me manipuler pour que je croie tout cela. C'est moi qui aie pensé que notre mariage passait avant tout.

Boone secoua sa tête imposante.

— Non. Ne te reproche pas son comportement manipulateur. Son seul objectif aurait dû être de te voir réussir. Mais au lieu de ça, il voulait t'enfermer et te mettre en cage...

Boone s'interrompit, comprenant soudainement.

— Merde. J'ai été beaucoup trop intense ce matin. Je me suis comporté exactement comme ton ex.

Il se frotta la barbe.

— Pas étonnant que tu aies eu besoin de distance.

L'un des murs que j'avais érigés contre Boone s'écroula à cet instant. Il avait enfin compris. Il ne m'avait pas manipulée pour me faire croire que ce qu'il voulait était juste.

— Ma belle, je suis désolé. Je n'ai jamais voulu que tu te sentes...

Il s'interrompit à nouveau, puis reprit :

— Oui, je t'ai donné l'impression que tu étais ma propriété, n'est-ce pas ?

Je lui adressai un sourire soulagé.

— Eh bien, tu n'as pas cessé de dire que j'étais à toi.

Il ne répondit pas, mais je pouvais en quelque sorte sentir à quel point il croyait sincèrement que j'étais à lui. Néanmoins, je supposais que le fait qu'il savait, grâce à mon odeur, que j'étais « la bonne personne » avait rendu tout cela évident pour lui.

— Souviens-toi, ma chérie, même si j'ai dit que tu étais à moi, je suis aussi à toi. Tu comprends ?

Je n'avais jamais pensé à inverser les rôles. Est-ce que je pouvais aussi considérer Boone comme *étant à moi* ? Est-ce que je pouvais être aussi possessive envers lui qu'il l'était envers moi ? L'idée que n'importe quelle femme dans ce bar puisse poser son regard lubrique sur mon homme... bon, je comprenais un peu mieux maintenant.

Mais comment cela fonctionnait-il exactement ?

— Que se passe-t-il si ta compagne ne ressent pas la même chose ? demandai-je.

Je vis une immense douleur dans son regard. Il posa ses mains sur mes hanches, ses doigts me serrant fermement, comme s'il avait peur que je m'enfuie. Sa gorge se noua.

— Je t'ai promis d'accepter tes refus.

Sa voix était rauque, comme un croassement.

Oh, mon pauvre chéri.

— Je ne te dis pas non, le rassurai-je. Je me demandais juste comment ça fonctionnait. Est-ce qu'une... louve ne dit jamais non ? demandai-je en baissant la voix jusqu'à murmurer.

Les grandes mains de Boone serrèrent mes fesses, m'attirant plus près de lui sur ses genoux.

— Eh bien, il y a une forte pulsion biologique. Elle est incapable de la nier. Mais oui, parfois ça ne marche pas.

Il semblait me cacher quelque chose. Quelque chose qui ne me plairait pas.

— Est-ce que le divorce existe ?

Il acquiesça, toujours avec l'air de ne pas vouloir me le dire.

— Oui. Je veux dire, ce n'est pas un *divorce* comme chez les humains, mais une séparation quand même. Ce n'est pas courant, mais ça peut arriver. Ça peut être difficile, car l'instinct d'un mâle sera de la protéger, même si elle ne veut pas de cette protection.

Humm. Ça ressemblait un peu à du harcèlement. Ça ressemblait aussi beaucoup à Boone et moi.

— Ma toute belle, je comprends maintenant que j'ai été trop insistant, répéta-t-il. Je vais probablement continuer à être trop insistant. Je suis comme ça. Mais tu dois savoir que tu es ma reine. Si tu dis non, j'arrête. Point final. Si tu me demandes de te laisser tranquille, je te laisse tranquille. Je ferai tout ce dont tu as besoin pour que tu te sentes à l'aise. Mais je te promets une chose : je ne ferai jamais obstacle à ta carrière. Je ne me plaindrai jamais que tu ne m'accordes pas assez d'attention alors que tu brilles de mille feux. Tout ce que je veux, c'est avoir l'honneur d'être l'homme de ta vie. Je veux être celui qui te rend heureuse, qui te protège et qui te fait crier de plaisir toute la nuit.

En entendant ses paroles, je fondis complètement.

Marty ne m'avait jamais dit quelque chose comme ça. S'il l'avait fait, je ne l'aurais jamais cru. Mais je croyais Boone.

Soudain, je n'avais plus du tout envie de faire du karaoké.

Je me blottis davantage contre lui, sentant le renflement de son sexe à travers son jean.

— Eh bien. Passons à la dernière partie de la soirée, d'accord ?

15

BOONE

Je gémis lorsque Summer se mit à balancer son petit
bassin sur ma queue. Je n'allais pas tenir jusqu'à chez
moi. Je n'allais même pas tenir jusqu'à chez elle. J'avais
besoin de goûter à ma femme maintenant. Ici, chez
Cody, ça allait devoir faire l'affaire.

Je me levai, ses jambes toujours enroulées autour
de ma taille.

— Plus tard, je te ramènerai chez toi et je te
montrerai ce que signifie être adorée, lui promis-je en
croisant son regard bleu orageux. Mais pour l'instant,
j'ai besoin de te goûter, et ça ne peut pas attendre.

Je la transportai à l'arrière du bar, directement dans
la réserve. Cody me pardonnerait ce que nous allions

faire chez lui. Il comprenait ce que c'était que d'avoir une compagne dont on ne se lassait jamais. J'avais besoin de Summer avec une intensité que je ne pouvais pas contrôler.

— Qu'est-ce qu'on fait, Boone ? demanda Summer avec un petit gloussement, en jetant un coup d'œil autour d'elle.

Putain, ce son-là. Pas de peur, juste de la joie.

— J'ai juste besoin de te goûter, ma chérie, grognai-je, l'eau à la bouche. J'ai besoin de t'entendre prononcer mon nom quand tu jouis. Ensuite, je serai assez rassuré pour te ramener chez toi. Ou à ma cabane, si tu veux la voir.

Je posai doucement ses pieds sur le sol en béton, puis je m'agenouillai devant elle et déboutonnai son short. Avec mes pouces accrochés à sa ceinture, je le baissai jusqu'à ses genoux, ainsi que ses bas résilles.

Elle poussa un cri.

— Oh mon Dieu, Boone !

Je levai les yeux vers elle, je me doutais que mes yeux devaient être lumineux.

— Ça va, ma chérie ? Tu me permets de lécher ta chatte jusqu'à ce que tu cries ?

Son odeur était maintenant plus forte. Elle était très excitée. Prête pour moi.

Je tenais ses cuisses entre mes deux mains, je pouvais les sentir trembler de désir.

— P-permission accordée.

Les pupilles de ses yeux bleus étaient dilatées et son visage était d'un joli rose pêche.

Je me penchai en avant et la léchai agressivement.

Putain, oui. Son odeur. Son goût.

Elle était à moi.

Je me jetai sur cette chatte comme un homme affamé prenant son premier repas depuis des semaines. Je pris ses lèvres dans ma bouche, caressai sa chair avec ma langue. J'explorai chaque millimètre de sa belle chatte, et finis par son clitoris.

Elle était trempée, son miel imprégnait déjà ma barbe. Il fut facile d'enfoncer un doigt épais en elle.

Elle cria, ses doigts s'emmêlant dans mes cheveux, ses fesses et son dos heurtant les caisses de bière empilées contre le mur.

— C'est ça.

Je la complimentais tout en enfonçant mon doigt dans son vagin étroit. La regarder à genoux était si fort. Je lui procurais du plaisir. Elle l'acceptait, me confiait son corps.

— Tu es si belle quand tu es prête à jouir.

Non, cela ne lui rendait pas justice.

— Tu es la plus belle femme sur cette terre.

C'était un fait.

Je passai ma langue sur son clito et trouvai son point G sur la paroi interne. Je courbai mon doigt pour le caresser comme je l'avais appris la veille, tout en la léchant, adorant la façon dont ses gémissements haletants devenaient de plus en plus effrénés.

— Tu aimes ça, chérie ? Tu veux que je continue comme ça ? demandai-je, m'assurant qu'elle me guide pour que je lui fasse ce qu'elle souhaitait.

J'étais son serviteur, au service de son plaisir.

— Oui ! Oui, Boone, juste là.

Sa voix se répercutait sur les murs en béton de la petite pièce.

Elle hurla, agrippant mon poignet pour immobiliser ma main tandis qu'elle déversait son fluide tout autour.

— Oh, oh !

Ses parois internes se contractèrent rapidement en pulsant, elles se resserraient et tremblaient autour de mes doigts.

Elle mouillait encore plus, comme si mes compliments l'excitaient. Je pris mentalement note de la complimenter à chaque occasion qui se présenterait. Je cataloguais tout ce qui la rendait heureuse. Tout ce qui la faisait mouiller. Tout ce qui la faisait jouir.

Tout ce qui la concernait, putain de merde.

Je retirai mes doigts et les mis dans ma bouche et savourai le goût de son jus. J'en voudrais toujours plus.

Avec précaution, je remontai ses bas résilles, puis son short, et le boutonnai. Puis je me levai et me penchai pour lui caresser la nuque.

— J'adore te faire jouir, lui murmurai-je à l'oreille avant de la mordiller. Tu veux venir chez moi ce soir ?

— Oui, répondit-elle immédiatement.

Sans hésitation. Sans crainte. Putain, merci.

— Je veux que tu chantes encore pour moi, lui dis-je. Nue, dans mon lit. Un show juste pour moi.

Le sourire langoureux qu'elle m'adressa avait une touche malicieuse qui fit palpiter mes couilles.

— D'accord.

Je lui pris la main et la conduisis hors du débarras. Son goût sur ma langue, un sourire sur son visage.

Je pensais que la nuit dernière avait été la meilleure nuit de ma vie. Mais cette nuit s'annonçait encore meilleure.

16

SUMMER

J'ENFILAI une chemise à carreaux de Boone. Elle était rouge vif et très douce. Elle était tellement grande que je ne l'avais même pas boutonnée. La cabane de Boone était incroyable. Il avait fait nuit lorsqu'il m'avait amenée ici la veille après être passé chez moi pour que je puisse prendre quelques affaires. Nous avions pris la route depuis la ville pour monter dans les montagnes. À notre arrivée, nous avions été... euh, *occupés* jusqu'à ce que je m'écroule de plaisir, mais maintenant, à la lumière du matin, je regardais autour de moi.

J'aurais qualifié cet endroit de luxueux et confortable, si c'était un genre qui existait. La nuit dernière, il m'avait dit qu'il l'avait construite tout seul. De toute évidence, il l'avait construite avec amour.

C'était petit : un studio avec un espace salon/cuisine/chambre ouvert et une mezzanine qui semblait servir de bureau/bibliothèque. Bien que rustique, chaque détail était parfait. Les lourdes portes en bois étaient ornées de motifs gravés, elles protégeaient efficacement contre les rigueurs de l'hiver. Tous les tiroirs et les placards de la cuisine étaient dotés de finition premium et d'un système de fermeture en douceur. Des lumières invisibles sous les meubles éclairaient les magnifiques plans de travail. Les surfaces de la cuisine et de la salle de bain, ainsi que les parois de la douche, étaient recouvertes d'énormes dalles de quartz poli, blanc et gris, veinées de violet et d'argent.

Le parquet clair était lisse, doux et agréable au toucher. Un poêle à bois en fonte maintenait une température ambiante agréable.

Natalie m'avait dit que Boone était très intelligent, qu'il était entré à l'université à l'âge de seize ans, mais je ne l'avais vraiment pas pris pour un rat de bibliothèque. Il n'était pas du genre bavard, et avec moi, il mettait souvent les pieds dans le plat. Pourtant, toute la cabane était remplie de livres qu'il avait manifestement lus.

Tous les murs du loft à l'étage étaient recouverts d'étagères, et un mur entier du rez-de-chaussée était également rempli de livres. Je passai mes doigts sur la couverture de certains d'entre eux, les parcourant rapidement. Ils traitaient de tous les sujets : les guerres commerciales avec la Chine, la révolution de l'intelligence artificielle, la religion de l'Égypte antique, des livres d'artisans sur le travail du bois et la construction, la philosophie allemande, la psychologie de Jung.

— Waouh, murmurai-je. Tu aimes lire.

Boone était allongé sur le lit, sa tête reposant sur sa main, et il m'observait. Il haussa les épaules, faisant onduler ses muscles.

— On s'ennuie ici en hiver, dit-il simplement.

Je retournai vers le lit et me mis à califourchon sur lui, chevauchant son torse massif. Il aurait facilement pu me renverser et me dominer, mais il ne le fit pas. Sa chemise à carreaux pendait sur mes épaules comme un peignoir ouvert.

— Pourquoi vis-tu ici tout seul ?

La manière dont Boone vivait donnait l'impression qu'il se protégeait contre quelque chose. Il ne se cachait pas vraiment, mais s'isolait par choix.

Il hésita, ce qui me confirma que j'étais sur la bonne piste. Ses yeux noirs semblaient troublés.

— C'est juste... plus sûr comme ça, murmura-t-il en détournant le regard.

— Plus sûr pour qui ? Pour toi ?

Il secoua la tête. Un profond sillon creusait une ligne entre ses yeux.

Je penchai la tête.

— Qu'est-ce que tu me caches ?

Il serra les mâchoires. Il n'avait pas bougé son grand corps, mais je pouvais sentir la tension qui le parcourait.

— S'il te plaît, je veux savoir. Que s'est-il passé ? As-tu... as-tu blessé quelqu'un ? Ton loup l'a fait ?

Je ne savais pas ce qui m'avait poussée à supposer cela, mais je sus immédiatement que j'avais raison à la façon dont ses yeux s'écarquillèrent de surprise.

Il cessa de respirer.

— Tu peux me le dire, Boone, murmurai-je en passant mon doigt dans les poils noirs de son torse.

Les manches de sa chemise à carreaux étaient si longues que je ne voyais pas mes mains.

Il ne dit rien.

Je ne le connaissais pas depuis longtemps, mais en savais suffisamment.

— Je sais que tu as peur de me faire fuir. Je suppose que je suis un peu craintive. Mais j'ai besoin de tout savoir sur l'homme qui dit être mon compagnon.

Waouh. Prononcer ces mots à voix haute me bouleversait.

L'homme qui dit être mon compagnon. C'était comme si je pouvais sentir le destin derrière ces mots. La lourde signification que Boone et le reste de mes amis attachaient au mot *compagnon*.

Boone expira lentement. Il me regarda fixement, comme si mon visage était une bouée de sauvetage. Comme s'il pouvait voir directement dans mon âme. Il s'éclaircit la gorge.

— Quand j'étais enfant, mon oncle, le frère de ma mère, était l'alpha de cette meute, dit-il d'une voix qui semblait rouillée.

Je voulais lui demander s'il parlait du père de Rob, mais j'attendis, le laissant prendre son temps pour raconter l'histoire comme il le souhaitait.

— Ma mère est morte en donnant naissance à Roy. Mon père a en lui... ce à quoi tu penses quand les gens parlent de « masculinité toxique ». Mais ma tante et mon oncle, les parents de Rob, Colton et Boyd, ont pris soin de nous quand nous étions enfants. Ou « louveteaux », comme on dit. C'étaient les parents aimants que nous aurions aimé avoir.

Il prit une autre inspiration, expira, puis continua :

— Quand j'avais seize ans, ils ont été tués dans un terrible accident de voiture dans le canyon. Rob était jeune, à peine plus âgé que moi. Comme on pouvait s'y attendre, c'est lui qui a pris la tête de la meute.

J'acquiesçai, continuant à passer légèrement mes ongles dans les poils de son torse musclé, essayant d'apaiser la douleur que je lisais sur son visage. Son corps était si chaud sous le mien.

— J'étais déjà grand, j'avais déjà cette taille à la fin du collège, et au lycée, j'avais pris du muscle. Mon connard de père pensait que je devais défier Rob pour devenir le chef de la meute.

Je haussai les sourcils, surprise, mais je ne l'interrompis pas, d'autant plus que je ne savais pas exactement ce que cela signifiait.

Il soupira.

— Je sais, c'était ridicule. Mon père était un connard égoïste et manipulateur. Je ne voulais pas devenir chef ni prendre la place de mon cousin, qui était comme un frère pour moi et qui avait été élevé pour prendre la tête du groupe. Je voulais juste quitter la maison. Je voulais m'éloigner de mon père et de la pression constante qu'il exerçait sur moi pour que je me comporte comme un mâle alpha. Pour vous, les humains, cela signifie être dominant et responsable, mais l'alpha d'une meute de loups est bien plus que cela. C'est le chef, celui qui est entièrement responsable du bien-être de tous. De plus, il rend justice, du moins au niveau de la meute. Il doit prendre des décisions qui ne sont parfois ni positives ni réjouissantes. J'aurais pu remplir ce rôle en raison de ma taille, mais c'était tout. C'était *dans la nature* de Rob d'être l'alpha. Il était né pour succéder à son père. Le mien croyait que ma taille me prédisposait à diriger, et voilà pourquoi c'était un crétin. Je n'étais pas qualifié pour être chef.

— C'était un peu comme faire entrer un carré dans un rond ? supposai-je.

Le coin de sa bouche se releva.

— Oui, exactement. Rob avait le profil. Pas moi. J'avais travaillé d'arrache-pied pour obtenir mon diplôme de fin d'études secondaires plus tôt et aller à l'université. J'avais déjà été accepté à Columbia. Mais mon père ne voulait rien entendre. Pendant des mois, il m'avait harcelé à ce sujet. Je devais le défier sans cesse. Un soir de cet été-là, il m'a poussé à bout et nous nous sommes battus. Pas verbalement, mais physiquement. Je ne voulais pas le défier pour la domination, ça s'est juste produit.

Je ne savais pas ce que signifiait « défier pour la domination », mais les yeux de Boone étaient devenus vides et son expression semblait écœurée. Quoi qu'il ait fait, il le regrettait encore aujourd'hui.

— Que s'est-il passé ? murmurai-je.

Je vis la culpabilité envahir le visage de Boone.

— C'était terrible.

Il déglutit. J'attendis, mais il ne continua pas.

— À quel point ?

Ses mains se posèrent sur mes hanches, ses pouces caressant ma peau, mais je doutais qu'il en ait conscience.

— Un foutu bain de sang. Je veux dire... mon loup n'a pas tué mon père, mais il s'en est fallu de peu.

Voyant mon regard alarmé, il s'empressa d'ajouter :

— Les métamorphes guérissent vite. Il s'en est sorti. Mais Roy et Ace, mon autre petit frère, ont été complètement traumatisés. Je...

Il s'interrompit, comme si les mots s'étaient coincés dans sa gorge.

— Je suis parti. J'ai quitté la meute, l'État. J'aurais probablement dû rester. Pour eux. Mais j'avais failli tuer mon père. Je me suis dit qu'en partant, je ferais disparaître la menace qui pesait sur tout le monde. De plus, pour Rob, qui essayait de diriger la meute malgré son jeune âge, et pour la paix dans la famille, il valait mieux que je quitte la ville et que je ne revienne pas. Je ne voulais pas être celui qui était violent et qui inquiétait tout le monde, car on craignait qu'il ne recommence. Je suis donc allé à l'université, puis je suis resté à New York après avoir obtenu mon diplôme. Je me suis dit que je laissais ainsi à Rob l'espace nécessaire pour asseoir son leadership. Plus tard, je me suis dit que travailler pour un fonds spéculatif permettait de gagner de l'argent pour la famille, et j'ai *effectivement* gagné de l'argent. Beaucoup d'argent. C'est comme ça que nous avons lancé la plantation d'arbres et racheté tous ces terrains à la banque.

Mes mains s'immobilisèrent et l'une d'elles se posa sur son cœur.

Je sentais son rythme lent sous ma paume.

— Tes frères étaient-ils en danger ?

La douleur dans le regard de Boone me faisait mal au cœur.

Il secoua la tête, mais évita mon regard.

— Non... pas physiquement. Mais notre père était narcissique, ils n'avaient donc pas le soutien qu'ils méritaient. Heureusement, Rob ne les a pas exclus de la meute et ne les a pas privés de sa protection, même s'il savait que mon père complotait pour prendre sa place. Mais Roy et Ace ont perdu l'amour et la stabilité que leur procuraient notre tante et notre oncle lorsqu'ils sont morts, et Rob n'était pas plus apte que moi à jouer le rôle de parent de substitution. La situation a atteint son paroxysme cinq ans après mon départ, lorsque mon père a tenté de pousser Ace à défier Rob. Ace n'était pas intéressé, il n'avait même jamais envisagé ce poste. Il n'était pas l'aîné de notre famille, et Rob a deux frères cadets. Si quelqu'un devait remplacer Rob, ce serait Colton, puis Boyd. À cause de cette tentative, Rob l'a banni de la meute.

J'écarquillai les yeux. Qui aurait cru qu'il pouvait y avoir autant de drames dans une meute de loups ? Les gens qui savaient que les meutes de loups existaient, tout simplement.

— Il a banni Ace ?

— Non, mon père. Notre père a quitté l'État. Aux dernières nouvelles, il faisait partie d'une meute en Arkansas. C'était ce qui pouvait arriver de mieux, vraiment, car mes frères sont restés et ont enfin obtenu leur liberté.

— Ils vivent ici aussi, dans la montagne, c'est ça ?

Je me souvenais de ce qu'il avait dit. L'un d'eux était menuisier et l'autre avait une plantation de sapins de Noël.

Il acquiesça.

— C'est à ce moment-là que tu es rentré chez toi ? Quand ton père a été banni ?

Boone grimaça.

— J'aurais dû, mais non.

— Qu'est-ce qui t'a ramené par ici ?

— Encore des problèmes. Pas ici, avec la meute, mais à New York.

Je sentis Boone se refermer, comme s'il ne voulait pas m'en dire plus. Cela me faisait de la peine d'être repoussée, surtout quand il venait de s'ouvrir à moi.

Je tentai de maintenir le contact.

— Tu étais peut-être grand et intelligent, mais tu n'étais encore qu'un enfant quand tu es parti. Seize ans, c'est jeune pour aller à l'université, surtout à New York après avoir vécu à Cooper Valley. On ne peut pas te reprocher les erreurs parentales de ton père ou le fait que tu n'aies pas voulu rester pour améliorer la situation de tes frères. J'imagine que tu avais raison : rester aurait signifié plus de disputes et de problèmes.

Boone poussa un long soupir.

— Merci. Mon frère, Ace, ne voit pas les choses

ainsi, mais ça m'aide de savoir que tu penses ça. Viens par ici, dit-il d'une voix rauque.

Il m'attira vers lui pour que je pose ma tête sur sa poitrine et me serra dans ses bras. Il était si chaud, sa peau douce recouvrait ses muscles durs.

Je me blottis contre lui, lui offrant le réconfort de ma présence.

— Merci de m'avoir fait part de tes sentiments. Je suis désolée que tu aies eu à vivre tout cela.

Il caressa mon dos nu avec ses grosses mains rugueuses et fit légèrement tourner ses doigts autour de mes fesses.

— Je ne veux pas que tu aies peur de moi, dit-il d'une voix qui se brisa légèrement. Je sais qu'il t'est arrivé quelque chose. Je ne laisserai jamais personne te faire du mal à nouveau. Je te le promets.

Sa voix était devenue féroce, et je savais sans l'ombre d'un doute qu'il pouvait redevenir violent. Mais je pensais aussi que ce ne serait pas avec moi, seulement pour me protéger.

Ce qui s'était passé et la culpabilité qu'il ressentait d'avoir abandonné ses frères m'en avaient convaincue. Il avait le sens de l'honneur. Sa conscience morale était intacte. Je ne savais rien des métamorphes, mais je comprenais le concept des alphas. Il ne voulait peut-être pas occuper un poste de commandement, mais c'était un leader naturel. Dominant. Protecteur. Prêt à recourir à la force si nécessaire. Et il avait pourtant quitté sa meute pour faire en sorte que Rob réussisse à devenir l'alpha.

J'étais sûre que cela avait dû être effrayant pour un adolescent de seize ans, mais ce n'était pas une raison pour rester isolé ici, dans la montagne. Si nous devions former un couple – une idée qui m'excitait et me terrifiait à la fois – , alors je devrais le faire revivre en société. Je savais par expérience à quel point il était pénible d'être séparé de ses soutiens et de sa communauté. À quel point il était effrayant d'essayer de se réintégrer.

Je voyais sa peur à ce sujet en ma présence. Il avait peur de faire quelque chose de mal. Il avait l'impression qu'il pouvait faire un faux pas, dire quelque chose de mal, *faire* quelque chose de mal qui me blesserait ou me ferait fuir. Je ne parvenais pas à comprendre ma propre peur de le voir se transformer en Marty, d'abord super gentil et adorable, puis devenu autoritaire et méchant. Je devais y travailler.

Je pouvais commencer dès maintenant.

Je souris malicieusement, je venais d'avoir une *très* bonne idée.

— Je veux t'attacher.

Ses yeux s'écarquillèrent puis s'embrasèrent.

— Je suppose que tu veux dire ici, dans ce lit, dit-il.

Sa voix avait baissé d'une octave, et toute trace de culpabilité et de regret avait disparu de son regard.

Je me mordis la lèvre et acquiesçai.

— Je veux pouvoir faire ce que je veux de toi.

— Tu as peur que je te fasse mal ? demanda-t-il, redevenant soudain méfiant.

Je secouai la tête.

— Non. Pas du tout. Je veux que tu te laisses aller. Que tu arrêtes de penser constamment au fait de ne pas me faire mal. Je sais que c'est ce que tu as toujours en tête.

Il acquiesça.

— Comme ça, tu sais que tu ne peux pas me faire de mal. Tu peux te laisser aller et simplement... profiter.

— Alors tu vas grimper sur ma bite ? Me rendre fou avec ta petite chatte ?

Il tendit la main, fit glisser ma chemise à carreaux de mes épaules, elle tomba à côté de mes hanches. Je retirai mes bras des manches et me retrouvai nue. Son regard me parcourut et sa bite grossit entre nous.

J'acquiesçai.

— Je suis partant, mais tu dois d'abord faire quelque chose.

J'inclinai la tête, mes cheveux effleurant ma mâchoire.

— Quoi ?

— Quand tu m'auras attaché, tu dois t'asseoir sur mon visage. Je vais te lécher la chatte jusqu'à ce que tu jouisses. Ma femme passe avant tout, et comme ça, je serai sûr que tu as eu du plaisir.

Est-ce que j'avais envie de faire ça ? Que Boone me lèche et que je jouisse pour lui, *puis* que je le chevauche comme une cow-girl ?

Oui, j'en avais très envie.

— D'accord.

— Bien.

Il leva les mains au-dessus de sa tête et agrippa la tête de lit en bois sculpté.

— Utilise ma chemise pour attacher mes poignets au bois.

Je fis ce qu'il me demandait, me penchant en avant pour enrouler la manche autour de ses poignets et de la latte, mais il attrapa l'un de mes tétons et je me laissai distraire un instant.

Je finis par l'attacher, j'étais maintenant vraiment excitée.

Il sourit, leva les yeux et tira sur le nœud pour le tester.

— Monte sur moi, ma toute belle.

Je grimpai sur son torse, m'agrippai au haut de la tête de lit, puis posai mes genoux de chaque côté de sa tête.

— Descends plus bas. Oui, putain. C'est bien.

Puis, il se mit à me dévorer avec une précision impitoyable sans me taquiner. C'était probablement parce qu'il était déterminé à me faire jouir en premier. Il ne pouvait pas utiliser ses mains, mais sa bouche et sa langue étaient si talentueuses que je jouis très rapidement. S'il y avait eu une épreuve de cunnilingus aux Jeux Olympiques, Boone aurait certainement remporté la médaille d'or.

Je me sentais satisfaite et vidée d'énergie, mais mon orgasme n'était qu'un échauffement. Sa bite était derrière moi, épaisse, longue et recouverte de précum. Son ventre en était recouvert.

— Prêt ? demandai-je, ce qui était ridicule.

Il était plus que prêt. Il sourit, la barbe brillante, recouverte de ma mouille.

Je me reculai, me mis à genoux, puis me laissai retomber sur lui.

— Putain, siffla-t-il en tirant sur le nœud, qui tenait bon.

Je ressentais une certaine puissance à avoir un homme comme Boone à ma merci.

— Contente-toi de ressentir, mon bûcheron, lui dis-je en me penchant pour l'embrasser, en sentant le goût de ma chatte sur ses lèvres.

Je me redressai et commençai à bouger.

— Prends tes seins dans tes mains, me dit-il.

J'obéis, et je sentis sa queue gonfler en moi.

Puis je posai mes mains sur la tête de lit et me penchai, lui donnant un sein à sucer. Puis l'autre.

Je gémissais, me déhanchais sur sa queue, puis me redressai. J'en voulais plus. Je voulais que ce soit plus fort. Plus profond. Ce que je fis. J'utilisai la queue de Boone pour jouir. Je regardai son visage : il avait la mâchoire serrée, les joues rouges, un air sauvage dans les yeux.

— Tu vas jouir pour moi ? lui demandai-je en le chevauchant.

— Oui. J'y suis presque.

— Jouis pour moi, Boone. Laisse-toi aller.

Peut-être avait-il besoin de ces paroles. Peut-être que cela le poussa vers un point de non-retour.

Il souleva son bassin et jouit en grognant, me remplissant de sperme jusqu'à ce qu'il se mette même à couler sur lui. J'en voulais encore plus. Je me penchai, frottai mon clitoris contre lui et me poussai à nouveau au bord de l'orgasme. C'était tellement bon de sentir son membre épais et dur en moi.

J'avais mis ce bûcheron, si fort et si grand dans un état second, il était couvert de sueur.

Je souris. Lui aussi.

Je me penchai pour l'embrasser, sa peau était si chaude contre la mienne.

— Merci.

Il sourit.

— Ma chérie, tu peux m'attacher quand tu veux.

Maintenant, être coincés dans une tempête de neige dans les montagnes avec Boone n'avait plus rien d'un piège, c'était juste excitant.

17

BOONE

Avoir Summer dans ma cabane était une expérience
extatique. C'était aussi une pure torture, car son
parfum de miel et de pêche emplissait le petit espace,
excitant continuellement mon loup. Il voulait faire
l'amour avec elle sans arrêt. Il avait besoin de
l'entendre crier. De sentir son orgasme. De sentir son
excitation.

En outre, il voulait la marquer. Surtout quand elle
m'avait attaché et avait fait ce qu'elle voulait de moi.
Putain, ça avait été torride.

Pourtant, je ne savais pas comment aborder le sujet
de la revendication avec elle. J'avais agi trop vite
auparavant. Maintenant que je comprenais qu'elle

avait des déclencheurs, je tenais mon loup en laisse. Quand elle m'avait suggéré d'être attaché pendant que nous baisions, j'avais pensé que c'était une bonne idée, surtout qu'elle m'avait expliqué qu'elle n'avait pas peur. Je devais m'assurer de ne pas être trop brutal. Elle pouvait faire ce qu'elle voulait de moi, personnellement, j'étais sûr de jouir quoi qu'elle fasse.

C'était un début. Elle était si forte et courageuse, et cela s'était vu quand elle m'avait donné l'orgasme le plus impressionnant de ma vie.

Mais la revendication ? Cela restait à faire. Le temps passait. Je n'avais plus beaucoup de temps avant de devenir fou. Je sentais l'énergie chaotique bouillonner en moi. L'animal en guerre contre l'homme en moi. Je me sentais brûlant et agité. À fleur de peau. Comme si mon corps était parcouru d'une énergie trop intense pour être contenue par ma peau.

Elle se leva et enfila ses vêtements. Je restai allongé sur le lit pour la regarder, car il n'y avait rien de plus beau au monde que ma compagne. Et aussi parce que je devais calmer mon loup, qui s'était affolé simplement parce qu'elle s'était éloignée de moi. Après ce qu'elle venait de me faire, j'aurais dû être rassasié, mais ce n'était pas le cas.

Cela commençait à devenir un problème. Elle s'était peut-être protégée en m'attachant, en me faisant oublier que j'aurais pu lui faire du mal. Mais mon loup se manifestait à nouveau, plus violemment que jamais.

Je ne me pardonnerais jamais de perdre le contrôle et de la mettre en danger, alors que j'avais promis que cela n'arriverait jamais. Ou de la marquer avant qu'elle ne soit prête. Je le réprimai de force.

Je me retournai pour me lever et enfilai un pantalon de survêtement.

— Tu dois avoir faim après tout ça.

Je lui fis un clin d'œil et elle rougit joliment.

— J'ai des saucisses et des œufs. Je pourrais probablement aussi faire des pancakes. Il y a du sirop d'érable. Et du café. Bien sûr, j'ai du café. Ou du chocolat chaud.

Elle me sourit, et quelque chose bougea dans ma poitrine. Je voulais rendre cette femme heureuse plus que tout au monde. Mais si je représentais toujours un danger pour elle ? Je savais que mon loup ne lui ferait jamais de mal intentionnellement, mais pour la protéger, je savais que je ne parviendrais pas à retenir mes pulsions violentes. Je risquais alors de la perdre de toute façon.

— Des œufs et des saucisses, c'est parfait. Et si tu as du chocolat, faisons des mokas ! dit-elle en sautillant légèrement sur place.

Putain, elle était trop mignonne.

Je mis le café en route et sortis une poêle pendant qu'elle ouvrait le réfrigérateur et cherchait les œufs et les saucisses.

Quinze minutes plus tard, nous étions assis devant

des assiettes remplies de nourriture fumante, avec des tasses de café, de lait et de chocolat chaud.

— Tu dois penser que je mange comme un loup, dit Summer en riant, tout en prenant sa fourchette et en regardant la montagne d'œufs et de saucisses devant elle.

Mon loup adorait la nourrir.

Je souris. Merde, je ne croyais pas que mon visage savait encore sourire, mais apparemment, il savait encore faire.

— Tu auras besoin d'énergie si nous voulons faire une randonnée dans la neige pour voir la plantation d'arbres.

Elle mâcha sa bouchée, me souriant d'une manière qui me bouleversa complètement.

Revendique-la. Mon loup n'arrêtait pas.

Je le repoussai. *Pas encore. Bientôt.*

— Tu as dit que c'était lequel de tes frères qui possédait la plantation d'arbres ? Je vais le rencontrer ?

— C'est Ace. Euh, bien sûr. Tu veux le rencontrer ?

Ma poitrine était trop serrée. Comme si elle se dilatait et que mes côtes ne pouvaient contenir toute cette énergie.

— Bien sûr que je veux le rencontrer.

Je restai immobile un instant. Était-ce donc possible qu'elle m'accepte déjà comme son compagnon ? Le fait qu'elle veuille rencontrer ma famille était bon signe, non ?

— Je te propose un marché.

Elle sourit en haussant les sourcils.

— Quel marché ?

— Je te montre la plantation d'arbres si tu me chantes une chanson. Une de tes chansons. Peut-être une chanson originale que tu as écrite ?

Summer rougit.

— Euh, oui, dit-elle en riant d'un air un peu gêné. D'accord. Je chanterai tout le long du trajet, si tu veux.

— Oui, c'est ce que je veux, lui répondis-je en la regardant dans les yeux. Je veux entendre toutes les belles chansons que tu as écrites. Maintenant que je sais à quel point tu es douée, je vais veiller à ce que tu ne renonces plus jamais à toi-même ou à ta musique pour un homme.

Des larmes lui montèrent aux yeux.

— Boone, murmura-t-elle d'une voix rauque.

Je m'écartai immédiatement de la table pour lui faire de la place et lui tendis le bras.

— Viens ici, ma chérie.

Elle se leva brusquement de table et vint vers moi. Je l'attirai sur mes genoux, enroulai un bras autour de sa taille et embrassai son épaule.

— Je ne t'étoufferai pas, Summer. Je te le promets. Je sais que je suis trop insistant. Je suis trop intense. Mon loup veut te revendiquer, et je veux te protéger, mais je ne vais pas te garder pour moi. Enfin, si tu me laisses t'avoir.

Elle passa ses bras autour de mon cou et m'embrassa le haut du crâne. Elle n'était probablement pas d'accord. Elle ne dit pas qu'elle me croyait ou qu'elle me faisait confiance, mais je sentais que le fait de m'avoir attaché avait été un début. Nous avancions dans la relation. J'allais découvrir toutes ses objections et ses peurs et faire en sorte de les résoudre. Elle finirait par croire qu'elle était en sécurité avec moi.

— Nous sommes peut-être ici dans les montagnes, mais je n'essaierais jamais de te couper du monde. Il m'a suffi de t'entendre chanter au karaoké pour comprendre que tu es faite pour chanter en public, ma chérie. Je sais qu'il est probablement trop tôt pour te dire cela, mais je veux que tout soit clair entre nous. Si tu trouves que nous sommes trop isolés ici, j'achèterai ou je ferai construire une maison en ville. Ton bonheur est ce qui compte pour moi.

— Mon dieu, Boone, dit-elle d'une voix étranglée. Arrête de me faire pleurer.

— Si tu pleures parce que tu te sens aimée comme tu le mérites, je ne m'excuserai pas.

Elle laissa échapper un petit sanglot.

— Tu es fou.

Je me levai, la tenant dans mes bras, et elle enroula instinctivement ses jambes autour de ma taille.

— Oui. Fou de toi, répliquai-je en l'embrassant.

18

SUMMER

Comme je venais de Los Angeles, j'avais pensé que je ne supporterais pas l'hiver dans le Montana, mais au cours des derniers mois, j'étais tombée amoureuse de la neige. Boone et moi étions sortis, équipés de bonnets en laine et de parkas rembourrées. Je portais une paire de chaussettes épaisses en laine que Boone m'avait donnée pour garder mes pieds au chaud même s'ils étaient mouillés.

Je ne voyais ni chemin ni route, mais Boone me guidait à travers la forêt comme s'il savait exactement où il allait, en tenant ma main gantée dans la sienne.

Une partie de moi se demandait si nous courrions un danger, si nous risquions l'hypothermie ou pourrions-nous égarer, mais je me souvins alors que Boone était un loup. Les loups ne se perdaient pas dans les bois, n'est-ce pas ?

Bon sang, c'était sexy. Il n'était pas seulement un magnifique bûcheron brillant, il était aussi surhumain. Il avait probablement une ouïe et un odorat surdéveloppés. Et, bien sûr, il pouvait se transformer en loup géant. Waouh !

— Je veux te voir sous ta forme de loup, lançai-je, debout parmi les arbres, sous la neige qui tombait légèrement.

Il pencha la tête vers moi, les yeux plissés.

— Tu es sûre ?

Des flocons tombèrent sur mon visage et se mirent à fondre.

— Oui. Est-ce que tu te transformes uniquement pendant la pleine lune ?

Il secoua la tête.

— Non. Nous pouvons nous transformer à tout moment. La pleine lune nous donne simplement envie de nous transformer. C'est comme... voir un plateau de biscuits fraîchement sortis du four et avoir envie d'en prendre un. C'est difficile de résister.

C'était logique.

— De quelle... euh... couleur es-tu ? Ta... fourrure ?

— Blanc et gris argenté. Je me fonds parfaitement dans le paysage les jours de neige.

— Tu te fonds dans le paysage ? Tu veux dire, pour chasser ? Et tu chasses quoi ?

Je ne savais pas trop si je devais être dégoûtée ou non.

Je poussai un cri et gloussai.

Il me reposa sur mes pieds, un sourire aux lèvres.

— Tu ferais mieux de courir, petite fille, dit-il en faisant semblant de me mettre en garde.

Je ris et me mis à courir, soulevant la neige tout autour de moi. Je me retournai pour regarder par-dessus mon épaule, et mon souffle forma un gros nuage.

Zut !

Il n'avait même pas eu besoin de courir, ses longues foulées lui avaient permis de rester juste derrière moi.

— Ce n'est même pas difficile pour toi, n'est-ce pas ? criai-je, essoufflée.

Je courus plus vite, trébuchai sur une racine d'arbre sous la neige et tombai tête la première dans un tas de neige.

Je m'écrasai face contre terre dans la poudreuse qui ressemblait à du coton.

— Aïe !

C'était glacial !

Elle se glissa sous l'ourlet inférieur de ma veste et jusqu'à ma gorge. Et dans l'espace entre mes gants, mes manches et mes poignets. Je ne restai à terre qu'une seconde, car Boone me releva immédiatement et me prit dans ses bras pour me protéger du froid.

— Oups. Ça va, ma chérie ?

Les yeux chaleureux de Boone parcoururent mon visage avec inquiétude et avec sa main, il balaya la neige qui se trouvait sur moi.

— Oui. Ça va mieux maintenant.

Je me hissai sur la pointe des pieds et embrassai son nez. Ses joues froides. Ses lèvres douces encadrées par sa barbe rugueuse.

J'aimais la façon dont je me sentais choyée. Marty se serait moqué de moi en me voyant tomber. Il aurait considéré cela comme une victoire dans la course. Ou pire, il aurait dit que j'étais maladroite. Et bien sûr, il n'aurait pas pu me soulever du sol et me prendre dans ses bras comme si je ne pesais rien, comme Boone venait de le faire.

Peu importe l'opinion qu'il avait de lui-même, il n'était pas aussi fort.

— Ah, je vois.

Boone se mit à marcher, en me portant toujours.

— C'était juste un stratagème pour te faire porter pendant cette randonnée.

Je ris.

— Non, je peux marcher.

Il secoua la tête, un sourire se dessinant au coin de ses lèvres.

— Pas question, ma belle. Tu es dans mes bras

maintenant, je ne te poserai pas par terre. Alors, paie ta dette avec une chanson.

Payer ma dette avec une chanson.

Je ris. Nous étions au milieu de nulle part. Il n'y avait rien d'autre que des arbres, des montagnes et de la neige tout autour.

— D'accord. Tu dois aussi l'imaginer avec ma guitare.

— Je veux l'entendre a capella. Juste ta voix parfaite, comme tu vas le faire ce soir au concert. Et quand on sera rentrés, je vais te déshabiller, te baiser bien fort, et mettre ma guitare entre tes mains pour l'entendre comme ça aussi.

Si une partie de mon corps avait été refroidie par la neige ou l'air vif, j'étais maintenant complètement réchauffée. Je me tortillais dans ses bras, excitée par sa promesse. Excitée par son intérêt pour ma musique. Excitée par toute l'attention qu'il me portait et qui ne me semblait pas du tout étouffante. Je la trouvais simplement... attentive.

Je pris une inspiration, écoutant les accords de guitare imaginaires dans ma tête pour me donner le tempo. Puis je chantai l'une de mes chansons les plus lentes, une mélodie mélancolique que j'avais écrite à propos d'un jour de pluie et de rêves inassouvis.

Boone ne regardait même pas où il allait. Son regard était rivé sur mon visage, il m'observait intensément. Il semblait même émerveillé pendant que je chantais pour lui.

Quand j'eus fini, il me reposa doucement par terre.

— Mon dieu, tu as écrit ça toi-même ?

J'acquiesçai, sentant mes joues s'empourprer de plaisir.

— Summer, c'est incroyable, dit-il en secouant la tête avec... émerveillement ?

— Tu dois chanter ça ce soir. Comment se fait-il que tu n'aies aucun contrat d'enregistrement ?

Puis, il prit un air déterminé et ajouta :

— On va te décrocher un contrat d'enregistrement.

Je laissai échapper un rire incrédule.

— Ah bon ? Comme ça ?

— Oui. Je connais quelqu'un dans le milieu. Une ancienne cliente. Je peux la contacter. Tu as une démo ou un truc du genre, je ne sais pas comment on appelle ça ?

Je clignai des yeux. Nous étions dans les bois, et il faisait tous ces projets ? Apparemment quand il avait une idée en tête, il la mettait en œuvre.

— Euh. Non. Enfin, j'en avais, mais Marty a mon ordinateur. De toute façon, ce n'étaient pas de vrais enregistrements. Il aurait fallu que j'aille dans un vrai studio d'enregistrement, et il a dit...

Je m'interrompis, prise de nausée.

— Il a dit quoi ? grogna Boone en passant un doigt sur ma joue froide. Il n'avait même pas besoin de gants.

La colère m'envahit. J'avais cru cet enfoiré. Maintenant, avec quelques mois de recul et après avoir vécu avec des gens qui tenaient à moi, je voyais que tout cela faisait partie intégrante de sa manipulation.

— Il a dit que je n'étais pas encore prête.

— Parce qu'il s'y connait ? ricana Boone.

— Incroyable, non ? C'était juste un flic un peu con qui aimait la musique country.

Oups. Dans les yeux de Boone, je vis clairement qu'il venait d'enregistrer le fait que j'avais révélé que Marty était flic. Je devais faire attention à ne pas encourager son désir de vengeance envers Marty, aussi flatteur que cela puisse être.

— Cette chanson est prête, dit-il. Tu es prête. Les gens ont besoin de ta musique. On va te trouver un contrat, et ça ne sera plus jamais pareil.

Il s'arrêta et se retourna pour que je puisse voir où il pointait du doigt.

— Voilà les arbres.

Je suivis son doigt et vis une vaste étendue de petits pins, plantés en rangées bien ordonnées.

— Ce sont des bébés ? demandai-je.

— Ce ne sont pas de jeunes pousses, mais tu as raison, ils sont encore trop petits pour être vendus. Ces arbres ont environ trois ans. Ils seront prêts dans trois ans.

Il me reposa sur le sol, me prit la main et me conduisit en bas d'une colline. Sur notre droite s'étendait une autre grande rangée d'arbres. Il était évident qu'ils avaient été plantés, contrairement à la forêt naturelle que nous avions traversée depuis sa cabane.

— Ce lot a quatre ans. Les arbres qui sont prêts pour cette année se trouvent un peu plus loin. Il pointa du doigt deux cabanes en rondins, plus grandes que la sienne, dont la fumée sortait des cheminées.

— C'est là que vivent Ace et Roy. La plus grande maison est celle où nous avons grandi et où vit Ace. Le bâtiment à l'arrière est celui de Roy et où se trouve également son atelier de menuiserie.

Je levai les yeux vers lui pour lire son expression. Ses deux frères vivaient ensemble, mais Boone avait choisi de construire sa cabane loin d'eux. Loin de tout le monde.

— Vous ne vous entendez pas bien ?

Boone resta impassible. Il haussa les épaules.

— Je les ai abandonnés quand ils avaient le plus besoin de moi. Alors oui, il y a de la rancœur. Mais nous continuons à veiller les uns sur les autres.

Je n'avais ni frère ni sœur, mais je ressentais tout de même de la tristesse pour lui. Je pouvais sentir sa culpabilité et ses regrets, et je voulais les lui ôter. Lui donner une chance de prendre un nouveau départ. Avec ses frères. Avec la meute. Avec moi.

Avec moi.

Ça me semblait juste.

J'étais son nouveau départ. Si je devais croire ce qu'il disait – et honnêtement, je commençais à y croire – , alors il était prêt à changer. Apparemment, je n'étais pas la seule à devoir changer des choses pour faire fonctionner notre relation. Mais j'avais l'impression que nous pouvions réellement être ensemble.

Ou était-ce simplement ce qu'il disait pour me garder ? Allais-je devenir un objet une fois qu'il m'aurait épousée ou qu'il se serait accouplé avec moi, ou quoi que ce soit d'autre ?

Nous avions traversé le bosquet d'arbres pour nous diriger vers les bâtiments. C'était magique : la neige tombait doucement sur nos têtes, les pins verts dépassaient de la lourde couche blanche qui les recouvrait, et je tenais la main de Boone.

Pour la première fois depuis des années, je commençais à composer une chanson dans ma tête.

La neige dans les pins.

Ta main dans ma main.

Il n'existe pas de meilleur moment

que ce moment.

Je suivis le fil créatif, le laissant jouer dans ma tête, connaissant déjà les notes que j'allais chanter.

Était-ce un signe que la première chanson que j'avais composée depuis des années était venue juste après ma rencontre avec Boone ?

Cela me semblait être un bon présage. Boone m'avait inspirée. Avec lui, je me sentais en sécurité et j'espérais qu'il me donnerait la liberté dont j'avais besoin pour être créative.

— Ça va ? demanda-t-il. Tu es très silencieuse là-dessous.

— Là-dessous ?

Je ris en renversant la tête en arrière pour croiser ses yeux sombres.

— Je ne suis pas si petite ! Mais oui, ça va. Je travaille sur une chanson dans ma tête.

Il pencha la tête et ses lèvres esquissèrent un sourire amusé.

— Ah oui ? Génial. J'ai hâte de l'entendre.

Nous étions arrivés à la cabane la plus proche, et Boone hésita avant de frapper à la porte puis de la pousser pour l'ouvrir.

Deux hommes, tous deux aussi grands et imposants que Boone, levèrent les yeux de la table de la salle à manger, où étaient étalés ce qui semblait être des croquis de meubles.

Personne ne nous salua. Ils se contentèrent de nous fixer

— Salut les gars. Voici Summer. Ma compagne.

19

BOONE

Alors que je refermais la porte derrière nous, Ace et Roy se levèrent de leurs chaises et restèrent debout, fixant Summer avec un étonnement méfiant. Roy renifla bruyamment pour capter son odeur.

Il me lança un regard choqué, et je plissai les yeux.

Oui, elle était humaine, crétin. Et alors ? J'émis un grognement en resserrant mon bras autour d'elle.

Summer se raidit et leva les yeux vers moi.

Exact. Grogner risquait de l'effrayer. Surtout qu'elle ne savait pas pourquoi je faisais ça.

— Vous vous êtes accouplés ? demanda Ace.

Ace avait deux ans de moins que moi, quelques centimètres et plusieurs kilos de moins. Ce qui signifiait qu'il était grand et en très bonne forme physique, mais pas gigantesque comme moi.

Il avait des cheveux bruns coupés courts, tout comme sa barbe. Il était prompt à sourire, même si c'était rarement à mon intention. Heureusement, il en adressa un à ma compagne lorsqu'il s'avança et lui tendit la main.

— Vous êtes ensemble depuis quand ? Pourquoi tu ne nous as rien dit ?

Je haussai les épaules.

— C'est tout nouveau.

— Tu t'es perdue dans les bois, ma jolie ? demanda Roy.

C'était le plus jeune de nous trois, mais il était plus grand qu'Ace. Il gardait ses cheveux longs, ils lui effleuraient la mâchoire, ils les tiraient souvent en arrière, comme maintenant. Il n'avait pas de barbe, mais il pouvait facilement attendre quelques jours avant de se raser.

— Au fait, je m'appelle Roy.

Il serra ensuite la main de Summer.

Nous étions dans la maison où j'avais grandi. Je n'aimais pas venir ici. C'était l'endroit où se trouvaient mes pires souvenirs. Mais depuis que notre père avait été banni, Ace avait effacé toute trace de lui et effectué des changements. Des rénovations. Une nouvelle couleur aux murs. Une cuisine moderne, et aujourd'hui, l'odeur du bœuf et de l'ail flottait dans la cocotte posée sur le comptoir en granit.

Il y avait de nouveaux meubles construits par Roy. La maison était devenue différente, mais il était difficile de laisser le passé derrière soi.

— Bonjour. Euh, non. Pourquoi tu dis ça ? demanda-t-elle.

— Parce que notre grand frère ne quitte pas la montagne, expliqua Roy.

— Nous nous sommes rencontrés chez Cody. Je suis serveuse là-bas, leur dit-elle.

Ils me regardèrent avec des yeux écarquillés.

— Tu es allée chez Cody ? demanda Ace, stupéfait.

Summer jeta un coup d'œil entre nous, et je me frottai la nuque, ayant soudainement l'impression qu'aller dans un bar un samedi soir était complètement fou. Ou peut-être que c'était moi qui devenais fou.

— Oui.

— Bon sang. On n'arrive même pas à te convaincre de venir à une réunion de la meute avec nous, et tu es allé en ville. Notre frère est un peu timide. Il n'aime pas la foule. dit Ace en secouant la tête et en regardant Summer.

Elle rit puis me jeta un coup d'œil. Ce n'était pas un regard moqueur, mais plutôt doux.

— Oh, je sais. On travaille là-dessus, et je l'ai même convaincu d'aller au karaoké.

Mes frères restèrent bouche bée.

— Au karaoké ? Tu es sérieuse ? Tu t'es fait tomber un arbre sur la tête en le coupant ? demanda Roy en souriant.

Ace croisa les bras et rit.

Il plaisantait, mais ça m'avait quand même un peu blessé.

— Si trouver ma compagne revient à prendre un arbre sur la tête, alors oui. J'aurais dû le faire plus tôt si ça m'avait permis de rencontrer Summer.

Mes frères avaient l'air stupéfaits. Je ne leur en voulais pas. Ma vie n'était pas très excitante, et beaucoup de choses s'étaient passées depuis que je les avais vus pour la dernière fois, quelques jours auparavant.

— Waouh, Summer. Tu as une énorme influence sur notre frère, commenta Roy.

J'étais entièrement d'accord.

— Pourquoi ne vous joindriez-vous pas à nous ce soir ? proposa-t-elle. Nous allons... Je veux dire, je fais la première partie des Barn Cats à Missoula. Je... je chante.

— Tu chantes ? dis-je. Ma toute belle, ne te sous-estime pas.

Je jetai un coup d'œil à mes frères et ajoutai :

— C'est une artiste. Une auteur-compositeur. Elle a une voix incroyable, et ce n'est pas parce que c'est ma compagne. Natalie le pense aussi. Les autres membres du Wolf Ranch qui étaient là-bas hier soir le pensaient aussi.

Leurs yeux s'écarquillèrent. Je ne savais pas si c'était parce qu'ils étaient impressionnés par le talent de Summer ou parce que je m'extasiais sur une femme. Et parce que j'avais été en ville. Chez Cody.

Deux fois. Et j'avais trouvé ma compagne.

Ça faisait beaucoup de choses à digérer d'un coup.

Je ne passais presque jamais les voir, sauf si on avait des affaires à régler ou si Ace préparait son fameux chili.

— Elle va devenir une vraie star. Venez l'écouter, et vous serez d'accord avec moi, leur déclarai-je, et Summer rougit.

Je passai un bras autour d'elle et l'embrassai sur le sommet du crâne.

Ace et Roy se regardèrent.

— Je ne manquerais ça pour rien au monde, dit Ace.

Roy acquiesça.

— Passe nous prendre en route. Peut-être que nous trouverons nos compagnes aussi.

20

SUMMER

RETROUVER la scène était une sensation incroyable. Je ne comprenais pas pourquoi j'avais hésité à remonter sur scène, alors que cela me venait aussi naturellement que respirer. Les lumières. La foule. Tout.

Alors que j'interprétais ma troisième chanson au Boondocks, un grand bar/salle de concert country à Missoula, je regardai la foule et m'imprégnai de son énergie. Mes amis étaient installés près de la scène. Nous étions venus en voiture avec Ace et Roy dans le gros pickup de Boone, accompagnés de Natalie, Rand et du reste de nos amis.

Boone était assis au premier rang, au centre,

entouré de ses frères. Ils étaient tous les trois très musclés et dégageaient une aura protectrice, comme des gardes du corps. Natalie et les membres de son groupe étaient également présents, ainsi que Rand, Cody, Riley, Rob, Willow, Colton, Marina, Johnny et Emma.

Je portais une tenue que Natalie m'avait aidée à choisir : une jupe en jean rose avec des bas résilles noirs, des bottes noires et un petit haut noir.

Je portais mon chapeau de cow-girl noir avec un ruban rose assorti à ma jupe. Contrairement à Los Angeles, je m'intégrais parfaitement ici dans le Montana.

Je terminai la dernière note et la foule se déchaîna. Comme nous étions lundi soir, je n'avais pas pensé que beaucoup de gens viendraient nous écouter, même dans une grande ville, mais la salle était bondée et les hommes en particulier étaient complètement déchaînés, sifflant et réclamant un rappel.

Un homme ivre s'approcha de la scène.

— Joue une chanson pour moi, ma jolie.

Il baissa la tête comme s'il essayait de regarder sous ma mini-jupe en jean.

Une pointe d'angoisse me serra les côtes, je bafouillai sur la phrase suivante et dus recommencer. Cela risquait de mal tourner. Boone allait-il se battre ? Allait-il me reprocher le comportement de cet homme ? À quel point la situation allait-elle dégénérer ?

J'avais au moins une douzaine de mauvais souvenirs de scènes similaires où Marty s'était montré désagréable lorsque j'avais attiré l'attention d'hommes. Je me remémorais les événements eux-mêmes, puis leurs répercussions pendant les jours qui avaient suivi.

Boone était déjà debout, sa grande silhouette se déplaçant avec une grâce féline.

— Éloigne-toi de ma femme, mon vieux.

Il tira le type en arrière d'une main lourde sur son épaule, le fit pivoter et le poussa dans la direction d'où il était venu.

Puis il me fit *un clin d'œil.*

Il n'était pas en colère. Il me protégeait. Une sensation de chaleur envahit ma poitrine. Je soupirai, expirai, sans avoir réalisé que j'avais retenu mon souffle.

Mon homme-loup était protecteur. Possessif, même. Mais il ne semblait pas me reprocher l'attention que je suscitais, contrairement à Marty.

Je terminai la chanson avec un sentiment renouvelé de... liberté et inclinai la tête devant leurs applaudissements. Impossible de réprimer mon sourire. Mon Dieu, c'était incroyable !

— Merci beaucoup à tous. Je pense qu'il est temps de laisser la scène aux Barn Cats, dis-je.

— Une autre ! cria un type au fond de la salle.

— Une autre, une autre commença à scander un autre.

D'autres se joignirent à lui et ajoutèrent même des piétinements pour montrer leur enthousiasme.

Quand je me rendis compte que même Natalie et le reste des Barn Cats scandaient, je ris et fis glisser le médiator sur les cordes.

— Vous voulez une autre chanson ? demandai-je en souriant.

— Oui ! crièrent-ils en applaudissant, certaines personnes sifflèrent.

Waouh. Ce genre de réaction pourrait vite me monter à la tête. L'accueil était incroyable.

Je croisai le regard de Boone, qui me sourit et m'encouragea d'un signe de tête.

— D'accord. Voici une chanson que j'ai écrite sur l'amitié et le plaisir, dis-je en commençant à gratter les cordes à un rythme entraînant.

Natalie applaudit parce qu'elle savait quelle chanson j'allais chanter. C'était une chanson festive que j'avais écrite quand elle et moi étions à l'université, sur le thème des sorties entre copines, elle correspondait parfaitement à l'ambiance du bar.

Riley brandit son téléphone pour prendre des photos ou me filmer dès que je commençai à chanter. À la fin, la moitié du bar chantait en chœur, Natalie menant le refrain car elle connaissait la chanson par cœur.

Tout le monde était debout. La foule m'acclama et je les remerciai en leur faisant signe, puis je quittai la scène.

Boone s'approcha pour prendre ma guitare et m'enlaça chaleureusement dans ses bras géants.

— C'était génial, ma douce. Vraiment. Tu es incroyable, me dit-il par-dessus le bruit assourdissant.

Je sentais l'adrénaline couler dans mes veines, je me sentais tellement bien. Malgré tout, je restais toujours critique envers moi-même.

— Bon, j'ai fait quelques erreurs...

— Tu étais parfaite, dit-il fermement. Personne n'a remarqué quoi que ce soit. Moi, en tout cas, je n'ai rien remarqué. Et puis, même si c'était le cas, personne ne s'en serait soucié, car tu étais *parfaite*.

Ses compliments me coupèrent le souffle. Mes yeux se remplirent de larmes. Des larmes de joie. Je les essuyai et lui souris.

Boone était tellement différent de Marty. Mon ex avait toujours eu tendance à pointer du doigt tout ce que j'aurais pu mieux faire. Toutes les erreurs que j'avais commises. Il s'était comporté comme s'il était mon manager et qu'il allait me coacher pour que je m'améliore.

Je me rendis soudain compte que nous n'avions jamais été égaux. Marty s'était toujours cru meilleur

que moi. Plus âgé, plus sage, plus intelligent. Il allait
« m'aider » dans ma carrière. Mais en réalité, tout ce
qu'il avait fait, c'était me briser le moral.

Boone était à mes côtés. Il était peut-être beaucoup
plus intelligent que moi. Il était certainement plus fort.
Plus rapide. Et surhumain. Mais il ne se comportait pas
comme s'il était meilleur que moi. Il m'avait laissée
l'attacher. Lui fixer des règles. Il voulait que je me
sente en sécurité avec lui, tout comme je voulais qu'il
soit lui-même sans se montrer prudent avec moi.

— Tout le monde ici est dingue toi, me dit Boone
en m'embrassant à pleine bouche. Y compris moi, et
pourtant j'étais déjà complètement sous ton charme.

Si j'avais été une lumière, j'aurais rayonné si fort
qu'il aurait fallu des lunettes de soleil pour me
regarder.

Les membres de Barn Cats passèrent devant moi
pour monter sur scène, me félicitant.

— Ça va être impossible à égaler, dit l'un d'eux.
Natalie, pourquoi est-ce que ce n'est pas nous qui
avons fait la première partie pour *Summer* ?

Je rougis sous leurs compliments, et Boone me
serra dans ses bras.

Nos amis me couvrirent également de compliments
lorsque je m'assis pendant que les Barn Cats
montaient sur scène. Ace leva la main, et je la tapai
avec la mienne. Roy me fit un clin d'œil.

C'était ce qui avait manqué dans mon mariage.

Marty m'avait isolée de mes amis et de ma famille. Je m'étais sentie si seule. Maintenant, j'avais à nouveau une vie sociale. J'avais une famille.

Mais Boone avait choisi de s'isoler avant notre rencontre. Même de ses propres frères. Il s'était puni à cause de son passé. Je savais par expérience à quel point c'était dur de ne pas se sentir connecté aux gens qu'on aime. Je n'allais pas laisser Boone s'isoler davantage.

— C'était génial, me dit Riley en se penchant vers moi. Je vais poster la vidéo sur les réseaux sociaux. Tu as un compte où je peux te taguer ?

Elle me montra l'écran de son téléphone pour me faire voir la vidéo où je chantais la dernière chanson.

Je secouai la tête. Mon Dieu, j'avais complètement perdu mes repères en matière de marketing perso. Je n'avais pas la moindre idée par où commencer, et je n'avais pas eu assez d'énergie pour faire autre chose que remplir les papiers du divorce, venir à Cooper Valley et gagner assez d'argent pour me remettre à flot.

— Nous allons en créer un ce soir, suggéra Boone.

— Quoi ? répondis-je en riant.

— Oui, ma belle. Parce que tu vas devenir célèbre et que tu auras besoin d'un moyen de communiquer avec tes fans. Je m'en charge.

Il prit mon téléphone dans mon sac à main et approcha l'écran de mon visage pour le déverrouiller.

Lorsque les Barn Cats entamèrent leur première

chanson, un morceau au tempo entraînant avec Natalie jouant la mélodie au violon, mon visage s'illumina. Je me sentais tellement bien entourée. Tellement soutenue. Soudain, tout me semblait possible. Même la réalisation de mes vieux rêves que j'avais laissés partir en fumée.

21

BOONE

Pᴇɴᴅᴀɴᴛ ᴜɴᴇ sᴇᴍᴀɪɴᴇ, tout se passa à merveille. Lorsque Summer travaillait chez Cody, j'allais la chercher un peu plus tôt pour l'aider à nettoyer. Puis nous passions la nuit chez elle, dans le ranch de Rand et Natalie. Un soir, j'avais remplacé le lit par un autre que Roy venait de finir. Il était fait de rondins que j'avais coupés et taillés, et suffisamment solide pour supporter toutes sortes d'ébats amoureux.

Quand Summer ne travaillait pas, nous vivions dans ma cabane dans la montagne. J'aurais pu rester assis à la regarder toute la journée. Bon sang, j'aurais pu la garder au lit, nue, et ne jamais la laisser sortir.

Mais j'avais des arbres à couper et elle avait des chansons à écrire. J'aimais savoir qu'après une dure journée dehors, j'allais rentrer à la maison et la retrouver.

Sa musique. Ses sourires. Ses cris de plaisir quand je la satisfaisais.

Elle était moins craintive, sa méfiance s'estompant au fil des jours. Je lui prouvais par mes paroles et mes actes que j'étais digne de sa confiance, que je n'avais à cœur que son bien.

Que si elle était à moi, j'étais aussi à elle.

Une semaine après son concert, par une journée ensoleillée, je revins de l'atelier de menuiserie de Roy et trouvai Riley assis avec Summer à la table de la cuisine. Elles avaient devant elles des tasses de chocolat chaud.

Elles levèrent toutes les deux les yeux lorsque j'entrai, puis enlevai la neige de mes bottes et retirai ma veste.

Je m'assis sur le banc près de la porte et les enlevai tout en saluant Riley.

— Quelle agréable surprise, dis-je. Vous êtes chez Cody, ici, dans la montagne ?

Elle acquiesça et sourit.

— Oui, pour deux nuits. Cody s'accorde une pause bien méritée.

Puis elle rougit, et Summer et moi pouvions

difficilement ne pas le remarquer. Leur pause impliquait sans aucun doute beaucoup de sexe.

Je me levai, en chaussettes, et m'approchai de Summer. Je me penchai et l'embrassai sur le sommet du crâne, prêt à passer un moment sexy à notre tour.

— Riley est venue me dire que ma chanson faisait le buzz sur internet, annonça Summer, rayonnante.

Je regardai Riley, qui semblait plus qu'enthousiaste.

— Ah bon ?

Riley acquiesça et sourit, puis me montra son téléphone.

— C'est dingue. J'ai mis un clip en ligne juste après le concert de la semaine dernière. Puis j'en ai ajouté quelques autres. Le premier, avec la dernière chanson sympa que tu as jouée, a été vu plus d'un million de fois. Et ça continue de grimper !

Je regardai Summer, espérant qu'elle partageait l'enthousiasme de son amie.

— Je t'avais dit que tout le monde allait l'aimer, dis-je.

Riley n'était pas la seule à adorer la musique de Summer et à l'aider à la promouvoir. Le lendemain du concert, j'avais contacté Sara Mayes, une ancienne cliente qui était productrice de musique, pour lui envoyer les liens vers le post original de Riley. C'était elle que j'avais mentionnée à Summer, mais je ne lui avais pas dit que je l'avais contactée. J'adorais son enthousiasme et son nouvel intérêt pour la composition et je ne voulais pas freiner son élan si Sara n'était pas intéressée.

— Les gens repostent l'extrait musical, je ne passe pas autant de temps sur les réseaux sociaux que certaines de mes copines, mais même moi, je trouve ça dingue, déclara Riley, les yeux rivés sur son téléphone.

— Je ne sais pas trop quoi...

Mon téléphone sonna dans la poche de ma chemise. Je le sortis et vis que c'était Sara qui m'appelait.

— Salut, Sara.

— Boone. Je suis contente d'avoir pu te joindre. Waouh, cette femme dont tu m'as parlé, elle cartonne.

Je regardai Summer, qui discutait maintenant à voix basse avec River, leurs têtes rapprochées tout en regardant le téléphone de Riley.

— Je te l'avais dit, dis-je à Sara.

— Je l'ai écoutée tout de suite et j'ai adoré, mais j'ai dû partir en tournage en Jamaïque et je viens juste de rentrer.

— La vie est dure, murmurai-je, mais j'adoucis ma remarque en riant.

— Grâce à toi, rétorqua-t-elle. J'ai réécouté le clip dans l'avion, et bon sang, il cartonne sur le net. Combien d'appels a-t-elle reçus ?

— D'appels ?

— De producteurs. Je suis sûre que j'ai raté quelque chose.

— Non, tu n'as rien raté. Elle est prête à écouter ce que tu as à dire j'en suis sûr.

Putain, j'étais tellement fier de Summer. Sa musique intéressait des gens pour son talent dont elle ne semblait pas même pas avoir conscience. Elle l'avait mis de côté pendant si longtemps qu'elle doutait d'elle-même. Avec un peu de chance, grâce à l'aide de Riley, elle pourrait désormais voir qu'elle n'était pas seulement appréciée dans un bar de Cooper Valley ou dans une salle de concert à Missoula, mais dans le monde entier.

— C'est génial.

Mais je m'interrompis, réfléchissant à ce que j'avais fait pour elle.

— Sara, tu n'es pas intéressée parce que tu penses que tu me dois une faveur, n'est-ce pas ?

Elle éclata de rire.

— Boone. Je te suis redevable. De plusieurs choses, mais ça ? Pour cette femme ? Non. Je ne donnerais pas de contrat musical à quelqu'un qui n'est pas doué. C'est aussi ma réputation qui est en jeu.

Je soupirai.

— D'accord. Tu veux lui parler ?

— Elle est là ?

— C'est ma copine, répondis-je.

Riley et Summer levèrent les yeux.

— Waouh, Boone. Je suis heureuse pour toi. Et oui,

je veux parler à ta petite amie qui va bientôt devenir une superstar.

Je passai le téléphone à Summer.

— Il y a quelqu'un qui veut te parler.

Summer prit le téléphone en fronçant les sourcils.

— Allô ?

Riley se leva et s'approcha.

— Tout va bien ?

— Oh oui. C'est une amie qui...

— QUOI ? hurla Summer avant de bondir sur ses pieds. Vous voulez une démo ? Oui, je peux vous en faire une. Tout à fait. Oh mon Dieu !

Si je n'avais pas su qui était au téléphone et ce qui était proposé, j'aurais paniqué. Summer était bouleversée, agitée et... merde, elle pleurait.

— Oui. Je... oui. Oh mon Dieu ! Oui ! Tout de suite !

J'aimais ce qu'elle disait à Sara, mais je voulais qu'elle me dise exactement la même chose quand je la ferais jouir la prochaine fois.

Elle raccrocha et se tourna vers moi. Me regarda fixement, une larme coulant sur sa joue, un sourire illuminant son visage.

— Quoi ? Que s'est-il passé ? demanda Riley.

Summer se lécha les lèvres et regarda Riley.

— Ton clip a été vu par une productrice. Elle veut une démo pour décider si elle va me prendre sous contrat. Je vais peut-être décrocher un contrat d'enregistrement.

Riley serra Summer dans ses bras et se mit à sauter de joie. Je souris.

Je ne me souvenais pas de la dernière fois où j'avais ressenti cela. J'étais fou de joie parce que ma petite amie était heureuse. Ses rêves étaient mes rêves, et je ferais tout mon possible pour qu'ils deviennent réalité.

22

SUMMER

JE FREDONNAIS EN préparant le dîner pendant que Boone prenait sa douche. Je lui avais préparé un croque-monsieur et une soupe que j'avais trouvée dans son congélateur, dans un récipient étiqueté « SOUPE ». En la décongelant, j'avais découvert qu'il s'agissait d'une soupe au bœuf et aux légumes, dont l'odeur épicée emplissait la cabane. Riley était partie et je lui avais promis de la tenir au courant.

J'allais peut-être signer un contrat musical.

Moi.

Je portai la spatule à mon visage comme un micro et chantai quelques phrases avant de retourner les toasts fondants et beurrés.

J'étais heureuse. Incroyablement, follement heureuse.

Un contrat d'enregistrement.

UN CONTRAT D'ENREGISTREMENT. Lors de notre promenade dans la neige la semaine dernière, Boone avait mentionné qu'il connaissait quelqu'un dans le milieu. Cette personne, Sara, c'était elle ? J'avais été tellement excitée et bouleversée que je n'avais pas fait le rapprochement jusqu'à présent.

J'éteignis le feu sous la soupe et la poêlée de toasts au fromage fondu et me dirigeai vers la porte de la salle de bain. J'entendais l'eau couler. Je frappai légèrement, puis entrai. La pièce était remplie de vapeur, il y faisait chaud.

— Boone ?

Il passa la tête par le rideau de douche. Ses cheveux étaient mouillés et pleins de savon, et partaient dans tous les sens.

— Tout va bien ?

— Oui. Je réfléchissais...

Je m'assis sur le couvercle fermé des toilettes.

Il remit le rideau en place et commença probablement à rincer le shampoing de ses cheveux.

— Qui est cette Sara ?

J'étais trop excitée pour me souvenir de son nom de famille.

— Sara Mayes, répondit-il.

La salle de bain avait des murs blancs, du carrelage

blanc qui recouvrait le sol et la moitié des murs, et un meuble-lavabo en marbre. La baignoire sur pieds semblait ancienne, comme s'il l'avait trouvée quelque part et l'avait installée ici pour donner un aspect vintage à la pièce. Ça marchait bien. Elle s'intégrait parfaitement au style de la cabane. Un tapis de bain épais, de couleur beige se trouvait sous mes pieds.

— D'accord. Tu as dit que tu la connaissais. Alors tu l'as contactée ?

L'eau fut coupée, et une seconde plus tard, le rideau de douche à rayures marron et blanches fut tiré complètement.

Boone était là. Nu. Mouillé. Mon Dieu, il était magnifique.

Il posa le pied sur le tapis de bain et prit une serviette sur le porte-serviettes.

— Oui. C'était une de mes clientes quand je travaillais à New York. J'ai pensé qu'elle serait peut-être intéressée.

Il passa la serviette dans ses cheveux pour les sécher, mais cela les fit se dresser dans tous les sens.

Une fois sec, il enroula la serviette autour de sa taille.

Assise, j'étais tellement plus petite que lui.

— Elle ne fait pas ça juste parce que vous êtes amis, n'est-ce pas ?

Et puis, qu'est-ce que ça pouvait bien me faire ? Une demande de démo était une demande de démo, même si mon magnifique bûcheron avait usé de son influence pour moi. Mais je voulais juste savoir ce qu'il en était vraiment.

Il me prit la main et m'entraîna hors de la salle de bain. Je m'assis sur le lit pendant qu'il se dirigeait vers la commode – probablement fabriquée par Roy – . Il en sortit un boxer, retira la serviette et l'enfila, m'offrant une vue imprenable sur ses fesses musclées avant qu'elles ne soient recouvertes de coton à carreaux.

En le regardant, j'oubliai ce que je lui avais demandé et peut-être même mon nom.

— Non. Je lui ai même posé la question quand elle a appelé. Elle a répondu qu'elle ne donnerait pas de contrat à quelqu'un en qui elle n'avait pas entièrement foi.

— Tu la connais bien ?

J'essayais toujours de comprendre comment il m'avait mise en contact avec une productrice de musique. C'était juste incroyable.

— Eh bien...

Une ombre passa sur son visage.

Je me souvenais qu'il avait dit avoir quitté son travail à cause d'un problème. Était-elle impliquée dans cette histoire ?

Il se retourna, s'approcha du lit et s'assit à côté de moi. Le lit s'affaissa tellement que je me retrouvai appuyée contre lui. Sa peau était chaude et humide, même à travers mon sweat-shirt.

— Je travaillais pour un important fonds d'investissement, je gérais l'argent de gens riches. Elle faisait partie de mes clients.

— Mais ?

Il esquissa un sourire triste.

— Tu me connais bien on dirait.

Je lui pris la main en lui rendant son sourire.

— Petit à petit, j'apprends à te connaître.

— Elle travaille pour une grande société de production musicale à New York. Un jour, elle est venue à mon bureau et j'ai tout de suite vu que quelque chose n'allait pas. Elle était nerveuse et agitée. C'était peut-être à cause de ma personnalité extraordinaire, mais j'ai réussi à lui faire avouer ce qui la tracassait.

— Ta personnalité extraordinaire ? Continue, dis-je en souriant.

— Elle m'a dit qu'elle était harcelée et qu'elle pensait avoir été suivie pendant le trajet. Elle pensait que c'était un musicien qu'elle n'avait pas retenu. Il était devenu obsédé par elle. Elle m'a dit qu'il était probablement inoffensif, mais je voyais bien qu'elle était morte de trouille.

— C'est horrible.

— Je lui ai dit que je l'accompagnerais à l'extérieur et que je parlerais au type si nous le voyions. Je suis costaud. Je peux être persuasif, dit-il en haussant les épaules.

— Je vois.

Je ne connaissais pas Boone depuis très longtemps, mais il avait tout d'un gentleman, même vis-à-vis des femmes avec lesquelles il ne sortait pas. Pas étonnant qu'il ait proposé de la protéger.

Il prit une longue inspiration et retint son souffle.

Je me retournai, pliant le genou pour lui faire face.

— Quoi ?

Il acquiesça, baissant les yeux vers ses mains. Son corps était si imposant, ses muscles si épais qu'ils semblaient sculptés. Les poils bruns de son torse étaient doux. Sa peau était chaude. Il était grand, mais doux. Féroce, mais... Mon Dieu. Tellement protecteur.

— Je suis sorti avec elle et nous sommes restés devant l'entrée pendant qu'elle attendait un taxi. Comme prévu, elle l'a aperçu, appuyé contre un immeuble de l'autre côté de la rue. Nous avons fait semblant de ne pas le voir et avons traversé la rue en feignant de discuter. Lorsque nous nous sommes approchés, il s'est enfui dans une ruelle. Je l'ai poursuivi. Je suis rapide. Beaucoup plus rapide qu'un humain.

Mon cœur battait à tout rompre dans ma poitrine en écoutant cette histoire, même si elle remontait à plusieurs années. J'avais l'impression qu'il s'était passé quelque chose de grave. Quelque chose que Boone regrettait. Mon cœur souffrait déjà pour lui.

Mon Dieu, était-ce de l'amour ?

Étais-je déjà amoureuse de cet homme ?

Oui. Oh mon Dieu. Oui.

— Et ensuite ? demandai-je lorsqu'il s'arrêta de parler.

J'étais haletante.

— Eh bien, je l'ai rattrapé.

Pourquoi Boone avait-il l'air si malheureux ?

— Il... euh, avait un couteau, et il m'a poignardé.

Je lui serrai la main.

— Quoi ?

Il haussa les épaules.

— C'était une blessure superficielle. Mais mon loup est devenu fou furieux. Tu sais, je vivais dans une grande ville. Mon loup ne sortait pas assez pour courir. Je t'ai parlé des courses à la pleine lune, et parfois, nous avons aussi besoin de courir pour nous défouler. On se sent beaucoup mieux après, mais c'est pratiquement impossible à faire à New York. Je vivais parmi les humains en pensant que j'étais en parfaite sécurité, mais quand j'ai attrapé le type, j'ai perdu le contrôle. C'était la même chose que quand je me suis battu avec mon père, sauf que ce type n'était pas un loup.

Je fixai Boone avec de grands yeux, craignant presque d'entendre la suite.

— Tu l'as tué ? parvins-je à demander.

Boone se frotta la barbe avec la main.

— Presque. J'aurais pu. Si facilement. Je l'ai roué de coups. Sara criait mon nom, essayait de m'arrêter. Puis... merde, j'aurais pu lui faire du mal... dit-il en secouant la tête.

J'attendis, mais Boone cessa de raconter son histoire. Il regardait droit devant lui, le regard vague, comme s'il revivait ce moment.

— Que s'est-il passé ? murmurai-je.

Il baissa les yeux vers le sol, puis vers moi. Son visage s'assombrit.

— Elle s'est interposée entre nous. C'était tellement dangereux. Mais je suppose que mon instinct protecteur a pris le dessus sur mon instinct destructeur, et j'ai finalement repris le contrôle, ajouta-t-il en secouant à nouveau la tête. Il s'est retrouvé à l'hôpital avec toutes sortes de fractures.

Je déglutis péniblement.

— Tu as été arrêté ?

Il secoua la tête.

— Non. Ça a été considéré comme de la légitime défense. Tout le monde m'a acclamé comme si j'étais une sorte de héros. Incroyable, non ? Mon patron a adoré l'histoire, mais ça n'avait pas d'importance. Je savais que ma carrière à New York était terminée.

Je fronçai les sourcils.

— Que veux-tu dire ?

— Je veux dire que ce n'était pas bon. Ce qui s'est passé. Le fait que j'ai perdu le contrôle comme ça. J'ai réalisé que j'étais un danger pour les humains qui m'entouraient. Je ne m'étais pas transformé spontanément, mais j'avais quand même laissé mon loup prendre le dessus. J'avais montré ma force surhumaine. De plus, j'avais reçu une blessure par arme blanche qui avait guéri en quelques jours, mais j'avais dû simuler le contraire. Ça avait été un vrai bordel, et j'avais compris que je devais rester loin de la civilisation.

— Sara sait-elle que tu es un métamorphe ?

Il secoua la tête.

— Non. Comme je l'ai dit, je ne me suis pas transformé. Elle pensait juste que j'étais incroyablement fort. Et peut-être un peu fou.

— C'est pour ça que tu es revenu ici ?

Je voulais dire ici, dans la montagne, loin de tout.

Il acquiesça.

Il pensait qu'il était dangereux pour les autres. Après ce qu'il avait fait à son père, puis à cet autre type odieux.

— Oh, Boone, lui dis-je en lui prenant la main.

— Tu n'es pas un danger pour la civilisation. Tu as su quand t'arrêter. Quand Sara s'est interposée entre toi et celui qui la harcelait, tu t'es arrêté. Tu l'as protégée.

Je me rendis alors compte que Boone était tout le

contraire de Marty, bien plus que je ne l'aurais imaginé.

Boone m'avait impressionnée dès notre première rencontre. Il avait montré sa force à ce moment-là, puis constamment par la suite. En cassant le lit. En me portant à travers la forêt. En se retenant sans cesse pour être sûr que j'allais bien, que je pouvais lui faire confiance.

Marty avait été gentil et attentionné au début. Charmant. Il m'avait séduite avec ses sourires, ses cadeaux et ses mensonges vraiment convaincants. Puis, sa vraie personnalité s'était révélée. Sinistre. Égoïste. Méchante.

Boone m'avait toujours montré son vrai visage. Même quand il avait eu du mal à admettre certaines choses à son sujet. Il ne les avait jamais cachées. Il n'avait jamais faibli, et il était formidable.

Marty m'avait caché certaines choses, et il était horrible.

Je commençais à tomber amoureuse de Boone et adorais être sa compagne. Il avait peut-être blessé cet enfoiré à New York, mais je savais que j'étais en sécurité avec lui.

Il secoua la tête.

— Non. Je ne peux pas me contrôler, je ne peux pas contrôler ma force. Je deviens sauvage. Féroce. Je suis dangereux.

Je me levai d'un bond, me plaçai devant lui, puis

grimpai sur ses genoux. Il posa ses mains sur mes hanches et je posai les miennes sur ses épaules.

J'attendis que ses yeux noirs me regardent. J'y vis de la douleur. De la culpabilité. De la peur. De l'inquiétude. Il avait peur de me faire du mal, ce qui signifiait que j'étais la seule à pouvoir le soulager de tous ces sentiments. Pour qu'il puisse lâcher prise et les laisser derrière lui. Si je pouvais prendre un nouveau départ, lui aussi le pouvait.

— Tu as fait ce qu'il fallait. Tu as protégé Sara quand elle en a eu besoin. Tu t'es rebellé contre ton père quand il te maltraitait.

— J'ai frappé un homme.

— Oui, mais il t'avait poignardé ! Et il aurait pu poignarder Sara à ta place, ou pire encore. Il avait mérité tout ce qui lui est arrivé.

Boone cligna des yeux, mais resta silencieux.

— Il l'avait mérité, répétai-je.

Il l'avait mérité.

Je pris son visage entre mes mains.

Ses yeux noirs plongèrent dans les miens pendant une minute, puis ses épaules s'affaissèrent. Il appuya son front contre le mien.

— Ma chérie, merci.

— Tu n'as plus besoin de t'imposer cette punition, Boone, lui dis-je.

Il haussa les sourcils.

— Tu portes un lourd fardeau de culpabilité. Et si

le moment était venu de simplement... le poser ? De lâcher prise ? De revenir dans le monde des vivants ?

— Est-ce que ce *monde des vivants* t'inclut ?

Sa voix avait vacillé légèrement. J'acquiesçai.

— Oui ?

Il esquissa un sourire. Je déglutis et acquiesçai à nouveau. Mon cœur se mit à battre la chamade lorsque je compris ce qu'il me demandait.

— Je... je suis amoureuse de toi, Boone.

— Même... même si tu sais ce que j'ai fait ?

J'acquiesçai, puis il m'attrapa par les hanches et me fit basculer, m'allongeant sur le lit, son corps au-dessus du mien. Je souris en voyant avec quelle facilité et quelle douceur il me manipulait.

— Je t'aime, Summer.

Je retins mon souffle lorsque ses lèvres se posèrent sur les miennes, et il m'embrassa comme s'il voulait me dévorer.

23

BOONE

Summer cambra son joli corps pour venir à ma rencontre quand je posai mes lèvres sur les siennes. Je me répétais d'être doux, mais le message ne passait pas de mon cerveau à mon corps. Le besoin de la posséder me rendait fiévreux, mais c'était plus que du désir physique. Elle semblait aimer ce contact autant que moi.

C'était de l'amour. Cette émotion très humaine que j'avais réussi à éviter jusqu'à présent.

C'était ma compagne, mais j'étais aussi follement amoureux d'elle.

Summer me voyait tel que j'étais vraiment. Pas tel qu'elle pensait que je devais être ou tel qu'elle voulait que je sois, mais tel que j'étais vraiment. Elle voyait et connaissait mes défauts, mais elle voulait quand même être avec moi. Elle voyait mes blessures et voulait m'aider à les guérir.

Summer, la femme qui avait eu un ex odieux, n'avait pas peur de moi.

— Ma belle, j'ai besoin de toi, m'entendis-je dire quelques instants plus tard avant de déchirer son sweat-shirt en deux.

J'essayai de contrôler ma force, de calmer mon agressivité, mais l'odeur du désir de Summer emplissait la pièce, et je ne pouvais résister.

Heureusement, je ne portais qu'un boxer.

— Tu m'as, je suis là, murmura-t-elle en m'aidant à détacher son soutien-gorge.

Heureusement qu'il avait des agrafes à l'avant.

Je défis son jean et le fis glisser le long de ses hanches, tout comme sa culotte.

— Oh, *merde*.

Elle rit d'une voix haletante.

— J'ai besoin d'être en toi. De te baiser. De te faire jouir.

J'avais perdu toute capacité de raison. Les mots crus avaient jailli tout seuls de ma bouche.

— J'en ai besoin aussi.

Elle écarta largement les jambes pour moi.

Je grognai en embrassant son corps.

— Putain, merci.

Ma queue palpitait, tendant mon boxer. Je baissai la tête entre ses jambes pour me régaler, la suçant et la léchant avec tant de passion que je perdis toute retenue.

Elle ne semblait pas s'en soucier. Ses hanches se cambraient et se tortillaient, et elle poussait des cris de plus en plus effrénés.

Je commençai à glisser un doigt en elle, mais elle me tira les cheveux. Je levai les yeux vers son corps nu pour croiser son regard bleu. Elle secoua la tête.

— Non. Je veux ta queue. Je te veux en moi.

Oh, merde. Elle n'eut pas besoin de me le dire deux fois. Ce que ma femme voulait, elle l'obtenait.

Je me levai et retirai mon boxer.

La pièce tournait. Des vagues de chaleur émanaient de moi. Je savais que mes yeux devaient briller d'un vert pâle, laissant apparaître mon loup.

Summer n'avait pourtant pas l'air effrayée. Elle semblait être dans la même extase que moi.

Je remontai sur le lit et soulevai l'un de ses genoux contre son corps pour avoir un accès total. Sa chatte était lisse, rose et sentait tellement bon.

— Tu veux cette bite ? grognai-je en frottant le bout de mon gland sur sa fente gonflée.

— Oui, gémit-elle en soulevant ses hanches.

Avant même que je puisse penser à moduler ma force, je la transperçai avec mon érection.

Elle haleta, son corps se redressa brusquement sur

le lit et je tendis la main pour lui attraper sa gorge. Je ne savais pas que j'aimais serrer le cou avec mes mains, mais c'était clairement le cas maintenant.

— Comme tu es belle, murmurai-je, me forçant à ralentir mes mouvements en elle. Tu es ma compagne, tu es incroyable, talentueuse, généreuse et magnifique.

Elle sourit avant d'ouvrir grand la bouche, et sa tête bascula en arrière lorsque je m'enfonçai plus profondément.

— Boone, gémit-elle.

Ses muscles internes se resserrèrent autour de ma queue comme un gant étroit.

— Oh, putain, murmurai-je.

Elle me serra à nouveau, et je perdis tout contrôle.

— Putain, ma belle.

Je la pénétrai plus fort. La pièce se mit à tourner autour de nous.

— Putain, putain.

Elle contracta à nouveau ses muscles, m'encourageant à continuer.

— Bordel. Tu es tellement bonne, je ne peux pas... Je... Summer...

Je perdis le fil de la raison. Je devais marquer ma compagne. La faire mienne.

Rien d'autre n'avait de sens pour moi.

— Tu vas me marquer ? haleta Summer.

Je clignai plusieurs fois des yeux, avec force. La sueur coulait sur mon front. Nos corps ondulaient ensemble, recouverts d'une pellicule glissante de sueur.

— Quoi ?

Avais-je bien entendu ? Ou mon loup me jouait-il des tours ?

M'avait-elle *demandé de* la marquer ?

Ou étais-je devenu une bête sauvage ?

Summer ne savait rien de la revendication. Je ne lui avais pas encore expliqué ce qu'était la morsure d'accouplement, car elle était très nerveuse, surtout à l'idée de m'appartenir. C'était compréhensible après ce qu'elle avait vécu. Cependant, elle avait su que j'étais un métamorphe. Je n'avais pas eu besoin de lui en parler.

Elle avait dû remarquer ma perplexité, car elle m'expliqua :

— Natalie m'en a parlé.

Dieu merci. J'étais en fait soulagé qu'elle soit au courant, surtout maintenant que j'étais profondément enfoui en elle. Je devais lui demander une liste de tout ce qu'elle avait appris de son amie. Pour combler les lacunes. Car il ne devait y avoir aucun secret entre nous.

— J'ai besoin...

Je ne trouvais pas les mots pour finir ma phrase. Ma bite s'en fichait, car mon corps était en pilote automatique, pénétrant Summer comme si elle était mon billet pour le paradis.

— J'ai besoin... J'ai besoin...

Une vague de désespoir m'envahit. Et si je faisais une autre erreur ? Et si mon loup avait repris le dessus, ou si je m'étais comporté comme une bête sauvage ? Et si elle ne voulait pas de ça ?

— Arrête de réfléchir, mon amour, dit-elle. Fais-le.

— Summer ! criai-je, soit pour lui donner une dernière chance de changer d'avis, soit pour lui faire comprendre que je ne pouvais pas tenir une seconde de plus.

— Marque-moi, Boone ! cria-t-elle.

La panique m'envahit. Je ne pouvais pas... J'allais lui faire mal. Mon loup était dangereux. Il pourrait...

Ce que je pensais n'avait plus d'importance, car mes crocs s'étaient déjà allongés, prêts à imprégner définitivement ma peau de son odeur.

— Sss...

Je tentai de parler, de prononcer son nom. Je voulais raisonner Summer. Me raisonner moi-même. Je voulais ralentir les choses, mais je n'y parvenais pas.

— Je suis sérieuse, dit-elle. Fais-le.

Il était trop tard. Mes couilles se contractèrent. Le sperme jaillit de mon pénis. Ma vision devint noire, puis je sentis le goût du sang lorsque je mordis son épaule.

Summer !

Elle se convulsa sous moi, en criant.

Une seconde... non. Gémissait-elle ?

Les muscles internes de Summer se contractaient autour de ma queue, la pressant pour que je jouisse. Elle était en train d'avoir un orgasme. Bon sang, elle jouissait et criait mon nom. Elle se tordait de plaisir sous mon corps.

Elle trayait ma bite pour remplir sa chatte de plus de sperme.

Je retirai doucement et délicatement mes crocs de son épaule tout en la pénétrant lentement. Elle était tellement remplie de sperme qu'il coulait en dehors de son corps et nous recouvrait. Le lit aussi.

— Ma toute belle, murmurai-je d'une voix éraillée... Putain, chérie. Dis-moi que tu vas bien, je t'en prie.

Je léchai le sang pour accélérer le processus de guérison. Je levai la tête pour mieux voir son magnifique visage.

— Je vais bien, haleta Summer, un sourire béat sur le visage, comme si elle était ivre et heureuse.

— Vraiment ? Putain, je n'avais pas prévu de te marquer ce soir. Je sais que tu avais du mal à accepter que je te revendique comme étant ma compagne, et je respecte ça et...

Summer posa ses doigts sur mes lèvres.

— Je vais bien. J'en avais envie. Comme je te l'ai dit, Natalie m'a tout expliqué.

Ma gorge se serra sous le coup de l'émotion.

Putain, merci. Elle allait bien. Je ne lui avais pas fait de mal. Du moins, pas trop.

— Qu'est-ce... qu'est-ce qu'elle t'a expliqué ?

— Que tu m'appartiens désormais.

Summer releva le menton. Levant la main, elle repoussa mes cheveux humides. Son geste était doux, et je savais que ce serait exactement la même sensation lorsqu'elle caresserait mon loup pour la première fois.

Je la fixai. C'était *elle* qui *me* revendiquait ? Le soulagement et la joie envahirent mon cœur et mes membres. Je souris.

— Oui, putain, ma chérie. Je t'appartiens. Chacun de mes souffles sera pour toi.

Ses yeux se remplirent de larmes, et l'inquiétude me submergea à nouveau. Je fronçai les sourcils, mon regard errant sur son corps.

— Ça commence à faire mal ? Je t'ai baisée trop brutalement ?

— Non. Je suis heureuse, et j'aime quand c'est brutal, dit-elle avec un petit rire larmoyant.

Ma queue s'agita en elle, car j'aimais aussi la brutalité. Ou du moins, j'aimais ce que nous venions de faire. Tout en apprenant ce qui la rendait heureuse, j'apprenais ce qui me rendait heureux.

— Putain, ma belle. Je suis tellement heureux. Mon loup est heureux.

Je me retirai et mon regard parcourut son visage, mémorisant chaque détail de sa perfection.

— Tu es à moi, murmurai-je.

Cette fois, au lieu de sursauter ou de paniquer, elle acquiesça, sa paume glissant pour caresser le côté de mon visage. Je tournai la tête et l'embrassai.

— Je suis à toi. Tu es à moi. C'est notre nouveau départ.

C'était notre nouveau départ. J'avais du mal à y croire. C'était presque trop beau pour être vrai.

Mais mon loup s'était calmé. J'étais pleinement lié à ma compagne, attaché à elle, protecteur et désireux de subvenir à ses besoins, et mon désespoir sauvage avait disparu. Je n'allais pas devenir fou à cause de la lune.

— Mais je crois que notre dîner est froid, dit-elle.

Je gloussai.

— On s'en fout du dîner. Je vais me régaler avec toi.

Et ce fut exactement ce que je fis. Plus d'une fois.

24

SUMMER

J'ÉTAIS HEUREUSE. Je ne me souvenais pas d'avoir jamais été aussi heureuse. J'avais des amis. Natalie, bien sûr, mais tout le groupe du Wolf Ranch m'avait également accueillie. Ce n'était pas parce que c'étaient tous des métamorphes, car ce n'était pas le cas. Audrey et Marina étaient sœurs et humaines. Charlie, Becky, Riley et... la liste était longue, mais les noms n'avaient pas d'importance. C'étaient toutes mes nouvelles amies.

— Un autre pichet, s'il vous plaît, merci, demanda un homme vêtu d'une chemise à boutons-pression avec un Stetson, en me faisant un clin d'œil.

C'était à nouveau samedi soir. Le temps passait vite

quand mes journées et mes nuits étaient remplies de sexe, d'amour et de complicité. Il neigeait dehors, mais le bar était bondé. Le temps n'avait pas beaucoup d'importance pour les habitants du Montana. Si cela avait été le cas, ils auraient été coincés chez eux huit mois par an.

Je me penchai au milieu de la table haute et attrapai le pichet vide.

— Je fais ça tout de suite.

Je me faufilai à travers la foule, saluant quelques visages familiers, et posai le pichet vide dans la zone réservée au personnel du bar. Cody s'approcha.

— Un autre, s'il te plaît.

Il hocha la tête, rangea le pichet dans le seau à vaisselle sale et commença à en remplir un propre. Ce faisant, il jeta un coup d'œil dans ma direction.

— Tout va bien ?

Je souris, sachant qu'il n'avait pas pu rater mon sourire.

— Oui, tout va très bien.

Il tapota son cou, exactement là où j'avais été marquée.

— Je m'en doutais.

Après que Boone m'eut marquée, j'avais regardé l'endroit dans le miroir. Ce n'était pas très douloureux, et il n'y avait même pas vraiment de plaie ouverte là où ses dents avaient perforé ma peau. À présent, il ne restait plus que de légères marques rouges à l'endroit où il m'avait mordue. Une petite cicatrice. Cela ne ressemblait pas à un suçon, donc les humains qui ne connaissaient pas les métamorphes ne penseraient pas que c'était quelque chose de particulier. Mais Cody avait reconnu ce que c'était.

Boone était à moi.

— Où est ton compagnon ce soir ?

Il ferma le robinet.

— Avec ses frères, répondis-je par-dessus la nouvelle chanson du juke-box.

Elle était forte, entraînante et avait un rythme sympa que tout le monde aimait.

— Ils sont partis faire de la motoneige avec Johnny et Rand tout à l'heure. Ensuite, ils ont prévu un truc entre mecs. Du sport à la télé ou un truc du genre. Il viendra me chercher avant la fermeture.

Et me ramènera chez moi, où, avec un peu de chance, je serai à sa merci.

C'était une nouveauté pour Boone – passer du bon temps avec ses frères et d'autres métamorphes – mais une bonne transition, car ça se passait dans les montagnes, là où il se sentait le plus à l'aise. Il s'efforçait de *sortir de sa coquille*, et j'étais fière de lui.

— C'est génial. Vous pourriez peut-être venir dîner un soir où je ne travaille pas. Riley était super excitée de me raconter que tes chansons avaient fait le buzz sur Internet.

La productrice musicale m'avait recontactée, elle voulait écouter une démo officielle et me rencontrer.

Je sentis mes joues rougir et levai les yeux au ciel.

— Oui, c'est ma manager sur les réseaux sociaux, sans aucun doute.

— Tu es douée, Summer. C'est peut-être elle qui t'a fait connaître, mais les gens adorent ce que tu fais, dit-il en posant le pichet plein devant moi.

Je souris à nouveau, cette fois non pas à cause de Boone, mais à cause de moi. Il me faisait un compliment, et ça me plaisait. Certes, tout le monde appréciait les compliments, mais ma musique avait été mise de côté pendant si longtemps que ça me rassurait de savoir que des gens comme Cody l'appréciaient vraiment. Les millions de vues en étaient également la preuve.

— Donc oui, ce serait sympa.

— Super.

Il tapota le bar du bout des doigts.

— Après avoir apporté ça, tu peux aller chercher des chiffons propres dans la réserve ? On n'en a plus beaucoup.

Je partis, le pichet à la main, en fredonnant ma dernière chanson, que j'avais composée pendant que Boone et moi marchions dans les bois.

La mélodie prenait forme, du moins dans ma tête, malgré la musique forte qui résonnait dans le bar. Après avoir déposé le pichet, je me dirigeai vers l'arrière. Dans la réserve, j'allumai et trouvai le bac contenant les chiffons propres.

La porte claqua et je me retournai, surprise. Un cri étouffé remplaça mon fredonnement.

Marty se tenait là. Coupe militaire. Rasé de près. Peau bronzée. Yeux bleu clair. Cheveux blonds. Corpulence trapue et petite taille.

Mon cœur battait à tout rompre et ma peau picotait sous l'effet de l'adrénaline que provoquait sa présence après tous ces mois.

— Bonjour, Summer. Ton mari te manque ?

Sa voix était telle que dans mon souvenir. Grave. Calme. Moqueuse.

Ma première réaction fut la panique. J'avais pris l'habitude de l'apaiser lorsqu'il était dans cet état d'esprit. Parce que je le craignais. Mais je me souvins alors où j'étais. Qui j'étais désormais. Je me moquais de l'apaiser. Je me moquais de ce qu'il pensait de moi. Je n'allais plus le laisser me mener à la baguette.

— Que fais-tu ici ?

Je mis toute la colère dont j'étais capable dans ma question.

Il plissa les yeux. Mon cœur se mit à battre la chamade, conscient du danger.

— Je ne peux pas passer voir ma femme ?

Je n'aimais pas qu'il me rappelle sans cesse que nous étions toujours mariés.

— Non. Nous ne sommes plus ensemble.

Il secoua lentement la tête.

— Tu t'es bien amusée. Il est l'heure de rentrer à la maison.

Il était en plein délire.

— Ça n'arrivera jamais. Nous allons divorcer.

— Seulement si je signe les papiers, ce que je ne ferai pas.

Je serrai les dents.

— J'obtiendrai quand même le divorce, même si tu le contestes. Tu dois partir. Je ne veux pas être avec toi. Je ne t'aime plus.

Il haussa les épaules.

— Tu en fais toujours des tonnes, Summer. Tu es volage. Regarde-toi, tu travailles dans un bar. Tu es à peine capable de prendre soin de toi.

— Je m'en sors très bien, répondis-je, désormais plus en colère qu'effrayée.

Comment osait-il se pointer ici ? J'avais dépassé le stade où j'allais me laisser intimider et malmener. Dépassé le stade où je me pliais en quatre pour un connard, histoire de garder la paix. J'étais passée à autre chose.

— Tu vis dans une petite ville du Montana ? Tu travailles comme serveuse dans un bar où les hommes te reluquent ? J'ai vu comment ce type a fait un clin d'œil. À *ma* femme.

— Je ne sais pas de quel type tu parles...

— Exactement. Tu as flirté avec des hommes toute

la soirée.

— Ça ne te regarde pas, Marty. On n'est plus ensemble. Je peux flirter avec qui je veux.

— Alors tu te prostitues ?

Il serra les mâchoires. Je reconnus ce regard. Il était en train de s'énerver. Cela signifiait qu'il y avait de quoi s'inquiéter.

Je pouvais demander à Cody de le mettre dehors si j'arrivais à passer devant lui.

— Tu dois partir, Marty. C'est fini entre nous. J'ai une nouvelle vie maintenant. Je chante et j'ai un...

— Oui, tu chantes. J'ai vu la vidéo en ligne. Qu'est-ce que tu portais, bordel ? Tu as vu les commentaires laissés par les mecs ? Ils ne parlent que de tes seins. Pas de ta chanson. Des milliers et des milliers de personnes veulent baiser *ma femme*.

— Je ne suis pas ta femme ! rétorquai-je.

Il fit un pas vers moi. Nous étions dans la réserve. La porte était fermée. Mais je n'étais pas seule. À Los Angeles, il m'avait isolée de mes amis pour me rendre totalement dépendante de lui. Ici, j'avais toute une communauté qui lui botterait les fesses s'il me touchait, à commencer par Boone.

— Si, légalement.

— Plus pour longtemps.

— On ne va pas divorcer. Tu es à moi. Tu veux te prostituer en gagnant de l'argent avec ta musique, très bien, mais cet argent est à moi.

Oh mon Dieu. Il avait probablement vu le clip. Peut-être pas lui, car il ne regardait pas les clips musicaux, mais peut-être quelqu'un à son travail. Il avait vu mon succès, la réaction des gens. C'était comme *ça* qu'il m'avait trouvée. Il m'avait rabaissée pendant des années, et *maintenant*, il voulait en profiter ? Il voulait l'argent. Le putain d'argent.

— Tu as dit que je n'étais pas encore assez douée. Je suppose que tu t'es trompé à mon sujet.

Il fit un pas en avant pour se retrouver juste devant moi. Je ne reculai pas, mais relevai le menton pour pouvoir le regarder dans les yeux. Il était loin d'avoir la carrure de Boone. En fait, il avait l'air carrément maigre en comparaison. Mais il faisait tout de même quelques centimètres de plus que moi, et je savais à quel point il était méchant.

— Tu vas mettre ton petit cul de pute dans la voiture, et on va foutre le camp de ce bled paumé.

— Je ne vais nulle part avec toi.

J'étais fière que ma voix ne tremble pas.

— Si, tu vas venir, rétorqua-t-il sèchement.

Je me baissai et me faufilai pour le contourner, mais il m'attrapa par les cheveux et me tira en arrière.

Je criai à cause de la douleur et me retournai pour le repousser.

Il me donna alors une gifle qui résonna dans la petite pièce. Je portai ma main à ma joue. Son alliance m'avait entaillé la joue et je tamponnai le sang qui coulait. Lorsque je tournai la tête pour le regarder dans les yeux, je vis le pistolet.

C'était son pistolet de service. Il n'était pas en service. Il n'était même pas dans l'État où il exerçait.

— Allons-y, Summer, lança-t-il. J'en ai assez de tes caprices. Si tu fais une scène, je tirerai sur quelqu'un. Ce sera ta faute.

Depuis que nous étions mariés, je ne l'avais jamais vu comme ça.

J'étais sous le choc, face à lui, face à ce qu'il avait prévu, parce qu'il venait de me frapper. Mon cerveau tournait à toute vitesse. Je savais grâce à l'histoire de Boone que Cody pouvait survivre à une balle, mais je ne savais pas combien de clients étaient des métamorphes. Peut-être aucun. S'il leur tirait dessus ou me tirait dessus, nous mourrions.

Même si Cody aurait pu m'entendre crier malgré la musique, je ne pouvais pas risquer d'appeler à l'aide. Pas avec Marty dans cet état, son arme à la main.

Il m'attrapa par le poignet et ouvrit la porte du débarras, me tirant dans le couloir vers la sortie de secours à l'arrière. Je posai ma main sur le mur pour ne pas tomber, puis nous sortîmes à l'arrière du parking. En pleine tempête de neige.

25

BOONE

Je m'étais bien amusé avec Ace, Roy et les gars du Wolf Ranch. Je n'avais pas fait de motoneige depuis des années. Mais je ne pus pas rester trop longtemps avec eux avant de leur dire que je devais rejoindre ma compagne.

Heureusement, ils se contentèrent de me faire un signe de la main et me tapèrent dans le dos avant que je ne descende la montagne.

J'avais pensé qu'après avoir revendiqué Summer, mon besoin d'elle diminuerait. Que maintenant qu'elle portait ma marque, que mon odeur était imprégnée en elle, ma bite ne guiderait plus chacune de mes actions. Que je redeviendrais sain d'esprit.

Je m'étais complètement trompé. Ma bite voulait que je rejoigne Summer immédiatement. Que je lui prenne la main, que je l'emmène dans la réserve et que je la baise. La dernière fois, je m'étais contenté de lui lécher la chatte dans ce petit recoin.

Cette fois-ci, je la pencherais en avant et la prendrais par derrière et...

— Putain, je gémis en conduisant plus vite.

Ou du moins aussi vite que je pouvais avec la neige qui tombait maintenant.

J'étais reconnaissant qu'elle ait accepté que Cody vienne la chercher à son petit appartement chez Rand et Natalie avant d'aller au bar, plutôt qu'elle ne conduise elle-même dans ces conditions. Je devais lui trouver une meilleure voiture.

Un SUV surélevé avec un poids énorme. Quatre roues motrices. Toutes les options de sécurité.

En attendant, je jouerais volontiers les chauffeurs.

Quand j'entrai chez Cody, je me dirigeai vers le bar et saluai mon ami. Je jetai un coup d'œil autour de moi.

— Il y a du monde ce soir.

J'ouvris mon manteau et cherchai Summer du regard.

— En effet.

Cody tendit la main par-dessus le bar pour me la serrer.

— Je suis content pour toi.

Il savait que j'avais revendiqué Summer. Aucun métamorphe n'aurait pu passer à côté de ce fait.

— Merci. Où est Summer ? demandai-je en scrutant la pièce.

Il attrapa deux verres vides.

— Elle est allée me chercher des chiffons dans la réserve.

La réserve. Putain, oui. Ma bite se mit à bander rien qu'à l'idée de la prendre là-bas comme je le souhaitais.

— Je vais l'aider.

Il sourit.

— D'accord. Prenez votre temps, mais ne mettez pas le bazar partout.

Je lui retournai son sourire et me frottai les mains.

— Pas de problème.

Les gens s'écartèrent pour me laisser passer alors que je traversais le bar pour me diriger vers le couloir à l'arrière. La porte du débarras était ouverte et j'entrai à grands pas.

Elle était vide ; la boîte de chiffons posée sur le sol était renversée. Je pouvais sentir l'odeur de ma compagne. Elle était forte dans cette pièce, mais je détectai une autre odeur. Une odeur humaine. Masculine. Cependant nous étions dans un bar, et il y avait beaucoup d'humains ici. Je me retournai, me dirigeai vers le couloir.

Je reniflai à nouveau, pensant suivre l'odeur de Summer jusqu'aux toilettes des femmes, mais au lieu de cela, son odeur partait dans l'autre sens, mêlée à celle de l'autre humain. Elle était plus forte ici, mon nez était moins perturbé par les odeurs des autres, car peu de gens venaient aussi loin. La seule chose qui se trouvait dans cette direction était la sortie de secours.

Je fixai la porte, puis le débarras.

Ma compagne était sortie de la réserve par la porte arrière avec un homme ?

Les poils de ma nuque se hérissèrent. Quelque chose n'allait pas. Mon loup grogna. Puis mon regard se posa sur quelque chose accroché au mur.

Il y avait du lambris en bois sur quelques mètres, mais au-dessus, les murs étaient peints en blanc. Quelques photos encadrées étaient accrochées, représentant des images historiques de Cooper Valley.

Je ne les avais jamais remarquées. Ce qui attira mon attention, ce fut la trace de sang. Je me penchai et la reniflai.

Summer.

Putain ! Ma compagne.

Le sang de ma compagne.

Un grognement de loup s'échappa de ma gorge. Quelqu'un m'avait un jour comparé à Hulk lorsqu'il se mettait en colère. C'était moi à présent. Je faillis me transformer spontanément.

Summer était en danger. Je poussai la porte de secours, cassant l'un des gonds. Une fois dans le parking, je cherchai ma compagne du regard. Elle était introuvable. Son odeur n'était pas dans l'air. Il neigeait et le vent soufflait. Il y avait des empreintes de pas, mais elles étaient rapidement recouvertes.

Il l'avait emmenée. Ça ne pouvait être que son ex, ce salaud. Summer n'avait pas mentionné qu'il était en ville, qu'il allait venir la voir ou même qu'il l'avait contactée. Ce qui signifiait qu'elle n'avait pas su qu'il allait se pointer. Il lui avait fait du mal et l'avait emmenée de force.

J'allais lui arracher chaque membre un par un .

Je courus le long du chemin. Deux séries d'empreintes. Elles menaient à une place de parking vide. Des traces de pneus étaient visibles. Le véhicule avait reculé vers la droite, puis était parti vers la gauche... en direction de la sortie du parking sur Main Street.

Il avait ma compagne. Elle saignait. Il était impossible qu'elle soit partie avec quelqu'un sans au moins prévenir Cody. Et elle n'aurait pas pu partir avec quelqu'un contre son gré en passant par le bar principal.

Je serrai les poings. Mon loup prit le dessus. Je ne pouvais plus sentir son odeur.

Depuis la première fois que j'avais senti son odeur ici, au bar, j'avais réussi à me contrôler. J'avais été prudent. J'avais eu peur de lui faire du mal ou de l'effrayer. Alors, j'avais marché doucement, parlé doucement. Je la baisais avec précaution, même quand elle disait qu'elle aimait la brutalité.

Maintenant ? Je me fichais de tout ça. J'en avais marre d'être prudent, sage et circonspect. J'en avais marre de prétendre que je pouvais être tout ça, parce que le vrai moi, celui qui était cruel, impitoyable et dangereux, venait de refaire surface.

Je renversai la tête en arrière et rugis dans la nuit.

26

SUMMER

— Ramène-moi, Marty, dis-je depuis le siège passager d'une petite voiture. C'était clairement une voiture de location, car elle était impeccable et dégageait l'odeur d'une voiture neuve. Marty ne se serait jamais risqué à conduire une voiture aussi basique à Los Angeles.

Je frissonnais, les mains blotties entre mes cuisses. Ma joue me lançait à l'endroit où il m'avait frappée. Pendant un bref instant, j'avais envisagé d'ouvrir la portière et de me jeter hors du véhicule en marche, mais même si je survivais à l'impact, rien n'empêcherait Marty de s'arrêter et de me tirer dessus.

Si je restais assise, je doutais qu'il me tue, car il semblait déterminé à me ramener à Los Angeles, mais il était tout à fait capable de me tirer dans le genou pour m'empêcher de m'enfuir, puis de me reprocher de l'avoir poussé à agir ainsi.

— Tu veux que je te ramène à Cooper Valley ? répondit-il. Putain, non. Cette ville grouille de losers et de ploucs.

Il tenait le volant à deux mains et essayait de maîtriser la voiture malgré le mauvais temps. Même s'il était flic, il n'y avait pas de neige en Californie du Sud et il n'avait aucune idée de ce qu'il faisait. Après un premier dérapage, j'avais mis ma ceinture de sécurité.

— Tu ne m'aimes pas, rétorquai-je. Tu pensais que je te trompais. Que je m'habillais comme une salope. Que je chantais mal. Rien de ce que je faisais ne te plaisait. Je t'ai rendu service en te quittant.

— Rendu service ? Tu sais ce que pensent les gens à mon boulot ? J'ai honte d'y aller.

— Tout le monde divorce !

— Pas moi. Pas *toi*.

— Moi, si. Je ne veux plus être avec toi. Je ne t'aime plus. Je ne te supporte même plus.

Son regard méchant se posa sur moi, il bouillonnait de rage.

— Tu es ma femme. Tu es à moi.

Tu es à moi. Boone m'avait répété ces mots à plusieurs reprises. Au début, cela m'avait contrariée. Parce que Marty était fou, et quand il disait cela, il le pensait d'une manière non consensuelle, comme s'il voulait me kidnapper.

Il avait quitté la route des yeux pour me regarder pendant à peine trois secondes, et quand il avait regardé à nouveau, il n'avait pas vu la voiture qui arrivait en sens inverse.

Il corrigea trop sa trajectoire et glissa vers le talus. Nous fîmes un tête à queue, comme dans un manège de parc d'attractions. Nous avions manqué de peu l'autre voiture ; elle était déjà loin. Son conducteur savait conduire dans la neige.

Mon cœur battait à tout rompre, ma main était posée sur le tableau de bord. Marty frappa du poing sur le volant.

— Bon sang, putain ! C'est quoi ce temps de merde ? Qui peut vivre dans un tel congélateur ? Il faut qu'on trouve un endroit où passer la nuit.

Je ne disais rien, mais j'étais soulagée. Il allait nous tuer s'il continuait.

— J'ai vu un motel près de l'autoroute, dit-il, ça ne doit pas être très loin.

Je ne savais pas s'il s'adressait à moi ou s'il parlait tout seul.

Un motel avec Marty. Je ne pouvais pas sauter dans le banc de neige pour lui échapper. Il n'y avait rien ici. Même si je ne pouvais rien voir à cause de l'obscurité et de la neige, il n'y avait qu'une vaste prairie de chaque côté de la route à deux voies. Je n'avais pas de manteau. Pas de bottes ni de bonnet. Je portais toujours mon tablier de bar autour de la taille. Je serais morte en trente minutes.

Mais un motel signifiait que je serais coincée dans une chambre avec Marty. Avec un lit. Et son arme.

Tout ce que je pouvais faire, c'était espérer que quelqu'un se rendrait compte de mon absence. Cody m'attendait avec les chiffons pour le bar. Bon sang, il attendait que je fasse mon travail. S'il ne me trouvait pas, il s'inquiéterait.

Boone viendrait me chercher. Pour une fois que j'étais reconnaissante que ma petite voiture soit peu performante dans la neige, tout comme cette voiture de location. Boone viendrait me chercher à la fermeture et piquerait une crise s'il ne me trouvait pas au bar.

Il me chercherait. Il partirait à ma recherche. Il me trouverait.

Il n'y avait pas d'autre alternative.

27

BOONE

JE FIS le tour du bâtiment en suivant les traces de pneus dans la neige, qui se confondaient avec celles de tous les autres véhicules qui étaient venus et repartis du bar. Il était impossible de suivre sa trace, même sous ma forme de loup. Je ne sentais pas son odeur et je ne savais pas dans quelle direction elle avait été emmenée.

J'entrai par la porte principale. J'avais besoin de l'aide de Cody. J'avais suffisamment les idées claires pour savoir que je ne devais pas piquer une crise à l'intérieur du bar, alors je restai juste à l'entrée et appelai Cody. Je criai son nom, mais personne ne se retourna, car le bar était bruyant et bondé. Mais Cody avait une ouïe impressionnante, et il entendrait mon cri.

Il leva immédiatement les yeux du verre de bière qu'il était en train de remplir. Il avait dû comprendre que quelque chose n'allait pas, car il posa le verre, appela l'autre barman pour qu'il le remplace et vint vers moi.

Il me poussa dehors, puis, une fois le bruit du bar étouffé par la porte fermée, lorsque nous fûmes seuls dans la neige, il me demanda :

— Qu'est-ce qui se passe ?

Je grognai.

— Summer a disparu, elle a été enlevée, lui lançai-je en me passant les mains dans les cheveux et en tirant à moitié dessus.

Il écarquilla les yeux.

— Qu'est-ce que tu racontes ? Elle est partie chercher des chiffons.

La rage m'empêchait d'articuler correctement mes phrases. J'avais du mal à rester sous forme humaine.

Je désignai la sortie arrière.

— Son sang... C'est lui qui l'a enlevée.

— Du sang ?

Cody changea d'expression et prit un air très inquiet.

— Putain ! Qui ? Son ex ?

— Qui d'autre ?

— Je ne sais pas. Elle a fait le buzz cette semaine sur internet. Ça pourrait être n'importe quel psychopathe. Allez, viens. J'ai des caméras de vidéosurveillance. On va voir qui l'a enlevée et quel type de voiture il conduit.

Il se retourna précipitamment pour rentrer à l'intérieur.

J'essayai de parler, mais le seul son qui sortit de ma bouche fut un grognement rauque.

Cody s'arrêta et se retourna. Il désigna le côté du bâtiment.

— Passe par la porte arrière, dit-il. Tu n'es pas assez calme pour gérer tous ces gens.

Il était lucide, heureusement. Personnellement, je n'avais pas les idées claires.

Trente secondes plus tard, il ouvrit la porte arrière et fixa la charnière cassée.

— C'est toi qui as fait ça ?

Je grognai et lui montrai le sang sur le mur.

— Je vois.

Nous reniflâmes l'air. L'odeur de Summer était encore là, mais elle s'estompait rapidement.

— Elle était avec un homme.

Je levai le visage vers le plafond et poussai un hurlement.

Cody me plaqua la main sur la bouche, étouffant ce son lugubre.

— Pas ici, Boone. Viens dans mon bureau.

Il m'emmena directement dans son bureau en désordre. Il sortit son portable et passa un appel.

— Levi. C'est Cody. Ramène tes fesses par ici. Quelqu'un a enlevé la compagne de Boone. Oui, j'aurai récupéré les images d'ici ton arrivée. Passe par la porte de derrière. Boone l'a cassée, elle ne se verrouille plus.

Il posa son téléphone sur son bureau, puis s'assit sur sa chaise. Il alluma son ordinateur et se mit au travail pendant que je rôdais dans ce petit espace.

— On va la retrouver, promit-il.

Il détourna un instant les yeux des images de vidéosurveillance qu'il avait extraites et me regarda dans les yeux.

— On va la retrouver. Tu as toute une meute pour t'aider.

La vidéo apparut sur son écran, et je regardai immédiatement. Il avait installé des caméras sur les portes avant et arrière, et deux autres étaient braquées sur le parking, pour couvrir toute la zone. Il lança la vidéo de la porte arrière et rembobina les trente dernières minutes.

— Là !

C'était du moins ce que j'avais essayé de dire, mais cela s'était transformé en rugissement. Cody cessa de rembobiner.

Oh merde. C'était Summer, traînée par le bras par un trou du cul maigrichon. Son ex. Je le savais parce que je l'avais déjà pisté. Grâce aux quelques informations que Summer m'avait données, son nom, le fait qu'il était flic, et ce que je savais d'elle, j'avais rassemblé quelques données sur cet enfoiré. J'avais déjà mémorisé son visage au cas où il se pointerait ici.

Je pris la poubelle métallique à côté de son bureau et la pliai en une boule.

Cody y jeta un rapide coup d'œil.

— D'accord, oui. Je n'avais pas besoin de ça. Écoute, Boone, on a sa tête. Cherchons sa voiture.

Il ouvrit les images d'une des caméras du parking et rembobina de trente minutes.

Rien.

Je pointai du doigt l'icône de l'autre caméra.

Cody cliqua pour l'ouvrir et rembobina.

— Oui. C'est bon. Les voilà.

Je regardai ce salaud fourrer Summer sur le siège avant d'une Chevrolet Spark bleue et partir en direction de Missoula.

— Ils n'iront pas loin dans cette tempête de neige avec cette voiture, marmonna Cody. Surtout au-delà du col. Levi peut lancer un avis de recherche...

J'avais déjà déchiré mes vêtements et pris ma forme de loup. J'allais poursuivre cette voiture et tuer l'homme qui avait touché à ma compagne.

— Attends... tu ne seras d'aucune aide sous ta forme de loup...

Je ne pris pas la peine d'écouter ce que Cody avait à dire, je courais déjà à travers la neige à la vitesse maximale d'un loup. Un loup normal pouvait courir jusqu'à soixante-dix kilomètres à l'heure. La vitesse maximale d'un métamorphe était encore plus élevée.

À cause de la tempête, je courais deux fois plus vite que les voitures sur l'autoroute. Je pouvais dépasser cette putain de Chevy Spark. Je courais le long de l'autoroute, laissant mon instinct de loup me guider.

Accroche-toi, ma chérie. J'arrive.

28

SUMMER

Marty me menotta au volant pendant qu'il prenait une chambre à la réception du motel. C'était un vieux bâtiment, construit comme une cabane en rondins, avec un seul étage, et les chambres donnaient directement sur le parking. Je fulminais, cherchant désespérément sur le tableau de bord un système d'appel d'urgence qui me permettrait d'appeler à l'aide, mais il n'y avait rien. C'était juste une voiture de location simple et bon marché.

— Allons-y, répondit-il en ouvrant ma porte et en se penchant pour déverrouiller les menottes.

— C'est quoi ton plan exactement ? demandai-je. Tout ça n'a aucun sens, Marty.

— Tais-toi, Summer.

Il avait du mal à ouvrir les menottes car la position était inconfortable. Je continuais à parler tout en gardant un œil sur son arme. Il l'avait remise dans son étui. Dès qu'il me dégagerait mes mains, je m'en emparerais.

Je tirerais sur cet enfoiré.

Il avait perdu la tête. Je n'arrivais pas à croire que j'avais pu aimer cet homme. Que j'avais cru qu'il m'aimait. Il n'était capable d'aimer personne d'autre que lui-même.

— Tu ne peux pas me garder prisonnière éternellement. Comment penses-tu que ça va marcher ? Je vais te faire gagner de l'argent avec ma musique, mais en gardant secret le fait que je suis enfermée chez toi ?

Il finit par déverrouiller les menottes, mais maintint fermement ma main au plus proche de lui, refermant les menottes autour de mon poignet.

Putain. C'était maintenant ou jamais. Je continuai à parler, espérant le distraire.

— Comment crois-tu que les autres flics de ton boulot vont réagir ? Même s'ils ferment les yeux sur un peu de violence domestique, n'est-ce pas ?

— J'ai dit *ta gueule* ! grogna Marty.

Il tendit la main vers mon autre poignet, alors je tentai ma chance et m'emparai de son arme avec le poignet déjà menotté.

Je la sortis de son étui, mais son poing s'abattit sur mon visage.

Une douleur fulgurante me traversa la joue et ma vision se troubla.

Quand je repris conscience, j'étais sur l'épaule de Marty, il glissait et dérapait sur le trottoir enneigé, puis ouvrit la porte du motel. Mes poignets étaient menottés devant moi, et son arme n'était plus dans son étui.

Merde.

Marty entra dans la chambre du motel et me jeta sur le lit.

— Ne bouge pas, grogna-t-il en fermant la porte, puis il tira les rideaux bon marché et mit la chaîne de sécurité. Il retira ses bottes couvertes de neige.

Mon visage me lançait tellement à l'endroit où il m'avait frappé que je pouvais sentir mon cœur battre dans ma joue. Je posai mes doigts sur la zone. Elle était déjà enflée.

Marty avait perdu la tête. Il avait complètement sombré dans la folie. Quand j'avais commencé à lui mettre la pression avec mes questions, j'avais compris la vérité. Dès qu'il avait compris qu'il ne pouvait pas gagner, que ça ne marcherait jamais, que je ne rentrerais jamais à la maison pour redevenir sa femme, il avait décidé d'en finir. Et je ne voulais pas dire qu'il allait en finir en me laissant partir. Je voulais dire qu'il allait me tuer. Peut-être qu'il allait mettre fin à tout ça en nous tuant tous les deux, comme le font ces hommes dérangés dans ces histoires dramatiques de meurtre-suicide.

Sa mentalité tordue était quelque chose du style : « Si je ne peux pas l'avoir, personne ne peut l'avoir ».

Je devais donc me sortir de ses griffes avant qu'il ne trouve comment passer à l'acte. Soit ça, soit je devais lui faire croire que j'allais rentrer avec lui et jouer la petite femme modèle jusqu'à ce que je puisse m'échapper. Mais il était probablement trop tard pour ça. Je l'avais trop provoqué.

Je fermai les yeux et stabilisai ma respiration, essayant de réfléchir malgré la douleur.

Je devais prévenir Boone. Lui dire où j'étais.

Bon.

J'attendrais donc une occasion d'utiliser le téléphone. Il faudrait bien qu'il aille aux toilettes ou...

— Tu as faim ?

J'essayai de rendre ma voix aussi désinvolte que possible, comme si nous étions encore mari et femme, en train de décider ce que nous allions manger pour le dîner.

— Quoi ? Non ! rétorqua-t-il sèchement.

Il faisait les cent pas, enfonçant ses doigts dans ses cheveux, désormais humides à cause de la neige fondue.

J'utilisai mes pieds pour me reculer sur le lit. C'était extrêmement difficile avec mes mains menottées, mais lorsque ma tête heurta la tête de lit, je me mis sur le côté et poussai avec mes pieds jusqu'à ce que je puisse m'asseoir et m'adosser.

— Il y avait un distributeur automatique dans le hall ? demandai-je.

Marty était un grand amateur de nourriture industrielle. Si je lui mettais en tête d'aller chercher des snacks, je pourrais passer un coup de fil.

Marty m'ignora et continua à faire les cent pas.

Je me tus et attendis un moment. J'avais été mariée avec lui pendant des années. Si j'insistais trop, cela deviendrait trop évident. J'avais mentionné la nourriture et, finalement, son estomac et son addiction au fast-food prendraient le dessus, et il retournerait dans le hall. Je pourrais alors appeler le numéro d'urgence depuis le téléphone de l'hôtel.

Je me forçai à respirer calmement. Le choc et la douleur dans ma pommette s'estompèrent. Je me forçai à être patiente.

Marty s'affala sur le bout de l'autre lit, alluma la télévision et zappa d'une chaîne à l'autre. Il s'arrêta sur l'un des *Mission Impossible*.

Quand la publicité pour Snickers passa à l'écran, je sus que la télévision faisait le travail à ma place.

Marty monta le volume au maximum.

— Je vais aller acheter des snacks.

Il se dirigea vers la table de chevet et arracha le téléphone du mur.

Putain de merde !

Il utilisa le cordon pour attacher mes jambes, puis me tira du lit. Je tombai lourdement sur le sol.

— Je suis sûr que tu pensais que tu allais t'enfuir pendant que j'allais chercher à manger.

— Non, j'ai juste faim.

Je fis semblant de bouder.

Il ouvrit les menottes et les attacha au pied du lit, puis les referma.

Je ne pouvais clairement aller nulle part, et à moins que son téléphone portable ne tombe miraculeusement de sa poche près de mes mains, je ne pouvais passer aucun appel.

Bon sang !

Marty sortit en claquant la porte, et je retins mes larmes. J'étais seule dans une chambre de motel avec un ex dangereusement violent. Personne ne savait où j'étais.

Reste calme, Summer. Réfléchis. Réfléchis !

Je ne pouvais pas rester allongée là et jouer les victimes. Je devais trouver un plan pour quand il reviendrait.

J'essayai de soulever le lit pour libérer mes poignets, mais il était extrêmement lourd. Je pliai mon corps en deux pour atteindre le cordon autour de mes chevilles.

Oui ! Ça pouvait marcher. Je pouvais atteindre le cordon. Je me roulai sur le côté sur la moquette sale et ramenai mes genoux contre ma poitrine pour essayer de le défaire. Il l'avait enroulé plusieurs fois autour de mes chevilles, puis avait fait un nœud. Mes doigts tremblaient alors que je le desserrais pour le défaire.

Oui !

Je tirai sur le cordon, ce qui ne fit que le resserrer, puis je me forçai à ralentir et à le dérouler. Mon cœur battait à tout rompre et mes doigts tremblaient. Une fois libérée, je branchai l'extrémité dans la prise téléphonique près de ma tête.

Maintenant, il ne me restait plus qu'à atteindre le téléphone qu'il avait jeté à l'autre bout de la pièce. Peut-être avec mes pieds ?

Je m'étirai et essayai de pousser le téléphone avec mon orteil. Je pouvais juste le toucher...

La porte s'ouvrit brusquement et Marty entra avec quelques paquets de chips et une canette de soda. Son visage se tordit de rage lorsqu'il vit ce que j'avais fait.

— Qu'est-ce que t'es en train de foutre ? Bordel de merde !

29

BOONE

J'APERÇUS la voiture dans l'un des parkings d'un motel situé le long de la route parallèle à l'autoroute. Je courus dans sa direction. Mon cerveau humain savait que je ne devais pas laisser mon loup se montrer parmi les humains, mais mon loup avait soif de sang.

Je me fichais complètement des règles de la meute à ce stade. Moi aussi, j'avais soif de sang.

Je me précipitai vers la voiture, puis ralentis pour capter son odeur. Mais la neige avait tout étouffé. Elle continuait de tomber, et la voiture était déjà recouverte d'au moins deux centimètres de poudreuse. Il faudrait que je passe devant chaque porte pour trouver l'odeur de Summer. Sinon, je m'introduirais dans chaque putain de chambre du motel jusqu'à ce que je la trouve.

Je grognai en scrutant les portes du motel. La plupart des gens se garaient devant leur chambre. J'espérais que ce loser avait fait de même, d'autant plus que c'était un connard du sud de la Californie qui ne supporterait pas le moindre petit froid hivernal.

Avant que je puisse faire quoi que ce soit, le destin vint à mon secours.

Je vis un type entrer dans l'une des chambres du motel. Maigre. Cheveux blonds lisses. Une allure de connard. Marty. Ce connard de flic de Los Angeles. Je le connaissais grâce à mes recherches sur ce salaud et je l'avais reconnu sur les vidéos de surveillance de Cody.

C'était un homme mort.

Mort.

Je traversai le parking en courant et me jetai contre la porte. Elle ne céda pas, mais je ne repris pas ma forme humaine. Au diable cette porte. Je reculai et sautai vers la fenêtre, qui vola en éclats.

Je me repliai sur moi-même et roulai sur le sol, atterrissant dans une petite chambre d'hôtel minable. Des murs beiges, des luminaires orange bizarres et une moquette assortie, désormais jonchée de verre brisé.

Summer hurla depuis l'endroit où elle gisait sur le sol.

Marty se retourna pour regarder depuis l'endroit où il se tenait debout au-dessus d'elle, le poing levé.

Non, il n'avait pas osé. *Il avait frappé ma compagne ?*

Il. Avait. Frappé. Ma. Compagne.

J'étais aveuglé par la rage. Je grognai.

Les yeux de Marty s'écarquillèrent, stupéfaits, puis laissèrent place à la peur.

Je bondis à travers la pièce, mes pattes avant repoussant Marty loin de Summer. Il tomba au sol dans un bruit sourd, et mes dents s'enfoncèrent dans sa gorge. D'un puissant coup de tête, je l'achevai.

Je goûtai son sang, son sang sur ma langue. Je tournai la tête pour regarder Summer, qui continuait à crier.

Je grognai, me retournant pour voir d'où venait l'autre danger. Qui faisait crier ma compagne ?

— Boone !

C'était la voix de Levi. Je levai les yeux. Il se tenait dans l'embrasure de la porte, la porte cassée derrière lui. Les rideaux flottaient autour de la fenêtre brisée et la neige s'engouffrait à l'intérieur.

Levi était là. Il portait son uniforme de shérif, mais je pouvais voir la couleur de ses yeux qui changeait. Son loup se manifestait, mais pas autant que le mien.

Il ne ferait pas de mal à Summer.

Je grognai à nouveau, le poil hérissé, le goût du sang de Marty me souillant la bouche. Je me jetai à nouveau sur cet enfoiré, lui mordant le flanc et le lacérant pour m'assurer qu'il était bien mort.

— Boone, reprends ta forme humaine !

Levi utilisa son autorité d'alpha sur moi. Son adjoint humain, Kyle Abbott, se tenait à ses côtés.

Son ordre ne fonctionnait pas, car j'étais bien plus alpha que lui, mais cela me fit prêter attention.

Je tournai ma gueule ensanglantée dans sa direction, puis regardai à nouveau ma compagne.

Son visage était gonflé et meurtri, ses yeux écarquillés de terreur. Marty l'avait mise à terre, menottée au cadre du lit. Elle haletait péniblement, sa poitrine se soulevant et s'abaissant rapidement.

La voir ainsi me mit encore plus en rage, et je grognai à nouveau vers le corps de Marty. J'allais le démembrer. Je n'aurais pas dû le tuer si vite. J'aurais dû le faire souffrir.

— Boone, tu fais peur à Summer.

Levi reprit son ton autoritaire. Il avait les mains en avant, son arme rangée.

Faire peur... à Summer ?

Je la regardai. Je vis la peur.

Oh non. Ma douce compagne. Je lui avais fait peur ?

C'était la seule chose que j'essayais de ne jamais faire. Oh, merde.

Instantanément, je repris forme humaine et essayai

d'assimiler ce qui s'était passé d'un point de vue humain.

Putain ! Je l'avais laissée gisant sans défense sur le sol pendant qu'une bête sauvage déchiquetait son ex. Mon premier réflexe aurait dû être de la libérer. De la serrer dans mes bras. De la mettre en sécurité. Au lieu de cela, je m'étais transformé en bête sauvage et j'avais impitoyablement assassiné quelqu'un devant elle. Je ne l'avais pas seulement gravement blessé, comme mon père et le gars de New York. Je l'avais tué.

J'avais assassiné son ex.

— Summer, dis-je d'une voix rocailleuse en m'essuyant la bouche avec le dos de la main.

Elle avait toujours l'air effrayée, même si j'avais repris ma forme humaine. Bien sûr, j'étais couvert du sang de son ex-mari. Je venais de tuer un homme devant elle. Et elle n'avait jamais vu mon loup auparavant. Avait-elle seulement compris que c'était moi ?

Je me précipitai pour soulever le lit et la libérer. Dès qu'elle fut libre, elle roula sur le côté. Je rabaissai le lit et l'aidai à se relever.

— Tiens.

Abbott avait sorti les clés des menottes de la poche de Marty et me les lança.

Je remarquai qu'il ne semblait pas perturbé par le fait que j'étais un loup. Mais après tout, sa fille, Riley, était la compagne de Cody, alors peut-être connaissait-il notre espèce.

J'ouvris rapidement les menottes de Summer et me penchai pour lui frotter ses poignets écorchés. Je voulais la serrer dans mes bras, mais elle se recula, s'éloignant de moi. Son corps tremblait, et malgré l'odeur nauséabonde du sang de Marty, je pouvais sentir sa peur.

Ma compagne avait peur. De moi.

Et elle avait raison. J'étais dangereux. Je l'avais toujours su.

Mon Dieu, je venais de recommencer ! J'avais perdu le contrôle et j'étais allé trop loin. Mon loup était un danger. J'étais un danger pour ma magnifique compagne.

Et si nous avions des louveteaux et que je blessais l'un d'entre eux ? Ou si je les traumatisais en devenant fou furieux parce que je pensais que l'un d'entre eux était menacé ?

Je me souvenais encore à quel point mes jeunes frères avaient été traumatisés lorsque j'avais failli tuer notre père.

Summer avait le même regard qu'eux. Elle était pâle. Horrifiée.

Elle s'en remettrait peut-être, maintenant qu'elle était débarrassée de son ex, mais je ne voulais plus jamais la voir me regarder ainsi, et ce serait inévitable.

De plus, je ne voulais pas que mes propres louveteaux me regardent avec la même peur.

Je ne voulais pas que ma famille sache que j'étais dangereux. J'étais comme un chien de garde féroce qui pouvait devenir agressif à tout moment. J'étais capable de devenir une menace à tout moment.

Je fis un pas en arrière pour lui laisser de l'espace. Je marchai sur du verre brisé, mais je ne le sentis pas. Je ne sentais pas à quel point la pièce était froide à présent.

— Summer, je suis désolé. Merde. Je ne voulais pas te faire peur.

Elle était sous le choc. Elle semblait incapable de parler. Elle se contentait de me fixer avec ses beaux yeux bleus.

Je reculai encore un peu, vers la porte, les mains levées. Quand je vis qu'elles étaient couvertes de sang, je les laissai retomber le long de mon corps.

— Je suis désolé. Je suis trop dangereux. Je... j'aurais pu te faire du mal. Si nous avions des louveteaux et que j'avais fait ça...

J'eus l'impression qu'un étau se refermait sur ma gorge.

— Ça ne marchera pas.

Je tournai la poignée et ouvris la porte.

— Quoi ?

Sa voix était à peine audible. Une expression de perplexité apparut sur son visage.

— Je vais disparaître de ta vie. Tu ne mérites pas ce genre de problème. Je suis désolé.

Je repoussai Kyle et Levi, me transformai et courus dehors dans la neige.

30

SUMMER

— ATTENDS ! Boone ! criai-je en courant après le loup géant blanc et gris.

Ce loup était deux fois plus grand qu'un animal normal et probablement trois fois plus féroce. C'était mon compagnon.

J'avais toujours su que Boone était un métamorphe, mais tant qu'il ne s'était pas transformé devant moi, cela ne m'avait pas semblé tout à fait réel. Maintenant, ça l'était.

Il avait bondi et *brisé la fenêtre du motel*. Il y avait du verre partout. La neige s'engouffrait à l'intérieur.

Il avait brisé le cou de Marty en même temps qu'il

lui avait déchiré la gorge. Marty était mort, étendu sur la moquette hideuse.

Lorsque l'animal avait fracassé la fenêtre, j'avais su que c'était Boone, mais j'étais encore sous le choc de ce que je venais de voir. J'avais été témoin d'une mort violente.

À présent, je ressentais l'absence de Boone comme si je venais de perdre un membre. Je voulais qu'il soit là, qu'il me serre dans ses bras. Qu'il me raconte ce qui s'était passé. Qu'il me rassure en me disant que tout allait bien se passer.

Au lieu de cela, il était parti. Il s'était littéralement enfui.

Et avant de partir, il m'avait fait comprendre que son départ était définitif.

Je vais disparaître de ta vie.

Tout mon corps tremblait et des larmes coulaient sur mes joues. Comment avait-il pu dire cela ?

Sauf que je savais ce qu'il pensait. Boone était profondément convaincu qu'il représentait un danger pour les personnes qu'il aimait. À l'âge de seize ans, il s'était battu avec son père et l'avait gravement blessé. Les adolescents avaient tendance à dramatiser, et les traumatismes subis pendant cette période influençaient leurs perceptions sur tout. Ils laissaient des cicatrices qui ne guérissaient pas.

Celles de Boone n'avaient clairement pas guéri.

Puis il avait dit qu'il avait blessé ce dangereux malade à New York des années plus tard. C'était pour ça qu'il s'était isolé de son propre chef dans la montagne.

On en avait parlé. J'avais cru qu'il avait réussi à passer à autre chose, mais j'avais eu tort.

Maudit soit-il ! Comment osait-il me quitter, surtout dans un moment pareil ?

Les larmes qui n'avaient pas coulé pendant toute cette épreuve se mirent soudain à s'échapper à flots. Mon visage se décomposa. Un sanglot monta dans ma gorge.

— Il est parti. Il est parti, putain.

Le shérif leva les yeux de Marty, où ils se tenaient tous les deux. Je n'avais jamais rencontré ces deux hommes auparavant, mais je supposais qu'au moins l'un d'eux était un loup, puisqu'il avait ordonné à Boone de se transformer. Peut-être que l'autre aussi, puisqu'il l'avait dit en sa présence.

— Je suis désolé. Summer ?

Il enjamba le corps de Marty et me tendit la main.

— Je m'appelle Levi. Je suis le frère de meute de Boone. Voici Kyle, le beau-père de Cody.

Cela signifiait... le père de Riley. Il connaissait donc sûrement l'existence des métamorphes.

— On dirait qu'il t'a bien frappé, dit-il. Tu veux que j'appelle une ambulance ou que nous t'emmenions à l'hôpital ?

Je levai la main, grimaçai en touchant ma joue, puis continuai à pleurer.

— Ça fait mal, mais rien n'est cassé, dis-je entre deux reniflements.

— Je peux appeler Audrey pour qu'elle nous rejoigne quand nous serons de retour en ville. Tu as déjà rencontré la doctoresse ?

J'acquiesçai, ce qui me fit mal à la tête.

Savoir qu'ils étaient de mon côté m'aidait. Je souffrais clairement d'un syndrome de stress post-traumatique à cause de Marty, et ses amis policiers, je le savais, ne m'auraient pas aidée si j'avais appelé les secours à cause de sa violence envers moi.

— Boone n'aurait pas dû s'enfuir, dit Levi en se frottant la nuque. Euh, ça vient de son enfance, ses problèmes sont remontés à la surface.

Cela me fit pleurer davantage. Je pleurais pour Boone. Je pleurais parce que j'avais perdu Boone.

— Je sais, reniflai-je. C'est à cause de son père. Mais ce n'est pas une excuse pour m'abandonner quand j'ai plus que jamais besoin de lui.

Levi et Kyle grimacèrent tous les deux.

— Oui, il a mal agi. Mais il reviendra quand il aura à nouveau les idées en place. Sinon, je m'en chargerai à coups de pied.

Les larmes continuaient de couler sur mon visage. J'étais sûre que c'était en partie dû au fait d'avoir été kidnappée et frappée, mais toute mon énergie était consacrée au chagrin causé par Boone.

Il m'avait quittée.

Quittée.

Comment *avait-il pu* faire ça ? Après toutes ces fois où il m'avait dit que j'étais *à lui* ?

Je frissonnais à cause du froid qui s'engouffrait par la fenêtre cassée et au vu de la scène grotesque qui se déroulait autour de moi.

— Merde. Je suis content que tu aies appelé, Levi. J'ai aussi reçu un appel de Cody. Comment les as-tu trouvés ?

Nous nous retournâmes tous les trois vers la voix.

Rob Wolf se tenait dans l'embrasure de la porte, et à ses côtés, se trouvait Willow, sa femme. Ils regardaient fixement le corps sans vie de Marty.

— On a lancé un avis de recherche pour la voiture de location, et Cody nous a indiqué la direction à prendre. Heureusement, la voiture était facile à repérer depuis l'autoroute.

Le regard de Rob se posa sur moi. Lorsqu'il vit l'état dans lequel devait se trouver mon visage, il serra les mâchoires.

— Ça va ?

J'acquiesçai.

— Boone ? demanda-t-il.

— P... p... parti, balbutiai-je.

— Il pense qu'il représente un danger pour sa compagne, dit Kyle.

Il était clairement au courant de toute cette histoire de loups.

Rob se frotta le visage et soupira.

— Merde.

Willow s'approcha et me serra dans ses bras. Je la serrai à mon tour, même si ce n'était pas le meilleur câlin que j'avais fait de ma vie. Elle resta à mes côtés.

— C'est mon ex, enfin, mon mari, il est flic. Qu'est-ce qu'on va faire ? demandai-je.

— Tu vas partir avec Willow maintenant, dit Rob. Elle va te ramener chez toi et demander à Audrey de passer pour examiner tes blessures.

Il baissa les yeux vers Marty et posa les mains sur ses hanches.

— Ça ? On va s'en occuper. Les lois sur les métamorphes s'appliquent ici.

La loi humaine ou la justice des métamorphes ? Peut-être faisait-il office des deux.

— Je ne sais pas comment je pourrais expliquer ça à la police de toute façon, dis-je. La police de Los Angeles ne m'a pas crue quand il me maltraitait de manière flagrante, et cette situation est plutôt invraisemblable.

Levi sourit.

— Alors c'est une bonne chose que je représente la loi ici, n'est-ce pas ?

C'était fini avec Marty. C'était fini *pour* Marty. Je n'avais plus à m'inquiéter pour lui. J'étais libre.

Sauf que j'étais sans Boone.

J'avais voulu me débarrasser de Marty et passer à autre chose. Avec Boone.

Qu'allais-je faire sans lui ?

31

BOONE

JE COURAIS AVEUGLÉMENT dans la neige.

Mes pattes étaient gelées et ensanglantées à cause des rochers invisibles sur lesquels je trébuchais. Je ne voulais pas m'arrêter, je ne pouvais pas m'arrêter.

Je courais comme si j'étais poursuivi.

Et peut-être que je l'étais. Par l'image de ma compagne effrayée. Par le monstre que j'étais devenu : une bête meurtrière.

La neige cessa de tomber lorsque j'atteignis le sommet. J'étais épuisé, même sous ma forme de loup. J'avais couru à toute vitesse pendant des kilomètres pour rattraper Summer, puis à nouveau pour m'éloigner d'elle lorsque j'avais compris qu'elle était en sécurité avec Levi.

Je me reposai sur une colline, contemplant toute la vallée. Avec ma fourrure épaisse, je n'avais pas froid. Je pouvais survivre aux hivers les plus rigoureux sans abri.

Où devais-je aller ? Que devais-je faire ?

Putain.

Tout ce que je voulais, c'était continuer à courir. Pour voir si je pouvais échapper au chagrin et à la déception que je ressentais en moi à ce moment-là.

Bon sang, j'avais lutté pendant des années pour accepter ce que j'avais fait à mon père. J'avais même quitté la meute, et j'étais parti pendant près de huit ans à cause de ça. Ensuite, je n'étais revenu qu'à cause de ce que j'avais fait au type qui avait harcelé Sara. Summer m'avait aidé à accepter le fait qu'il avait mérité ce qui lui était arrivé, car personne ne savait ce qu'il aurait pu faire à Sara, mais j'avais quand même perdu le contrôle.

J'aurais pu le tuer, lui et Sara également.

Mais ces incidents ? Ils n'étaient rien, *rien,* comparés à ce que je venais de faire.

J'avais tué un homme. J'avais tué le mari de Summer. Elle était en instance de divorce, mais il était toujours légalement son époux. Et je lui avais arraché la gorge devant elle.

Absence totale de contrôle.

Tout simplement... une mort atroce.

La façon dont Summer m'avait regardé avec horreur... Je m'assis sur mes pattes arrière et hurlai vers le ciel, où les nuages commençaient à se dissiper. La lune était quelque part derrière eux.

Summer. Putain.

Être loin d'elle me tuait. Elle avait été blessée et effrayée. Et je l'avais laissée seule au milieu de ce chaos. Mais j'avais dû partir parce que c'était moi qui l'avais effrayée.

Comment allais-je survivre sans ma compagne ?

Elle était marquée et revendiquée. Elle était à moi.

Je n'allais pas la forcer à rester avec moi. Je ne voulais pas qu'elle soit piégée comme elle l'avait été avec Marty. Avec moi, ce se serait bien pire à cause des blessures que je pouvais lui infliger. Elle avait vu à quel point j'étais redoutable. À quel point j'étais irresponsable. À quel point j'étais sauvage.

J'étais pire que son mari.

Je ne la méritais pas.

32

SUMMER

Boone n'était pas revenu la nuit dernière. Rand et Natalie étaient sûrs qu'il reviendrait. Ils pensaient qu'il avait juste besoin de réfléchir, et qu'il se présenterait ensuite à mon appartement, la queue entre les jambes. Peut-être qu'ils le pensaient littéralement, puisqu'il était sous sa forme de loup quand il était parti. Je craignais qu'ils se trompent, car je connaissais Boone.

Il était resté loin de sa meute et de sa famille pendant des années après avoir été violent avec son père. Il s'était exilé dans une cabane dans la montagne après avoir blessé ce type à Los Angeles.

Nous avions appelé Roy et Ace hier soir pour leur raconter ce qui s'était passé et leur demander s'ils avaient vu Boone. Ils ne l'avaient pas vu, et Ace était allé à sa cabane pour voir s'il y avait des traces de lui. Il n'en avait trouvé aucune.

J'avais appelé Cody la nuit dernière pour voir si le camion de Boone était toujours sur le parking du saloon, et c'était toujours le cas. Quel que soit l'endroit où se trouvait Boone, il devait probablement être toujours sous sa forme de loup.

Je renvoyai un message à Ace :

> Des nouvelles ou des traces de Boone ?

Sa réponse fut immédiate :

> Non. J'ai passé la nuit chez lui au cas où il reviendrait, mais il n'est pas là. Roy a dit qu'il ne s'était pas présenté chez lui non plus.

Les larmes me montèrent aux yeux.

Bon sang !

Je repoussai les couvertures et passai mes jambes par-dessus le bord du lit. Je me sentais si lourde. Mon visage me lançait, me donnait mal à la tête. Marty m'avait frappée fort, mais la douleur dans ma joue n'était rien comparée à celle dans mon cœur.

Audrey m'avait examinée la veille au soir et m'avait prescrit de l'ibuprofène et de l'arnica à appliquer sur l'ecchymose pour réduire le gonflement, mais je supposais que l'effet s'était estompé, car j'avais maintenant très mal.

Je suis trop dangereux. Je... J'aurais pu te faire du mal. Si nous avions eu des louveteaux, et que j'avais fait ça...

Mon Dieu, je me sentais tellement mal pour lui. J'avais mal au cœur parce que je réalisais à quel point il devait souffrir. Il imaginait le pire.

Boone m'avait sauvée, comme j'avais su qu'il le ferait. Il m'avait sauvée, et ma réaction avait été le choc et la peur. Cette réaction avait réveillé sa blessure la plus profonde. Sa peur de me faire du mal l'avait poussé à s'éloigner et le maintenait à distance.

Je devais trouver un moyen de le faire revenir. De le rassurer en lui montrant que je n'avais pas peur de lui. Que je savais au plus profond de moi qu'il ne me ferait jamais de mal, ni à moi, ni à... nos louveteaux.

Des louveteaux. Quel mot adorable.

Mon Dieu, je n'avais jamais eu envie d'avoir des enfants auparavant. Du moins, pas avec Marty. J'avais pensé cela dès le début, j'avais su inconsciemment qu'il serait un père épouvantable.

Mais Boone serait génial.

Et oui. Je voulais avoir ses louveteaux.

Je pris une douche rapide et m'habillai, soudainement motivée. Je devais retrouver Boone. Il avait besoin de moi maintenant, et je n'allais pas me recroqueviller et jouer les victimes.

Je descendis chez Rand et Natalie pour prendre

un café et les trouvai dans la cuisine de la ferme. Natalie était en train de tartiner de la confiture sur une tranche de pain grillé. Elle la laissa tomber et prit une tasse pour moi, puis alla me chercher du café.

— Ace a passé la nuit chez Boone, mais il n'est jamais revenu, annonçai-je sans même dire bonjour.

Natalie me tendit la tasse de café pleine et j'y versai un peu de lait, puis soupirai.

— Cody a vérifié les caméras de sécurité du parking du saloon et a dit que la camionnette était toujours là, m'informa Rand.

Je me sentis un peu soulagée de savoir que tout le monde prenait cela au sérieux. Je n'étais pas la seule à me soucier de Boone.

Je retins mes larmes.

— Où crois-tu qu'il soit ? Penses-tu qu'il ait été renversé par une voiture ou quelque chose comme ça ?

Rand secoua la tête.

— Certainement pas. Mais même si c'était le cas, il s'en sortirait. Il guérirait rapidement. Les métamorphes sont très difficiles à tuer.

Ouf, je me sentais un peu soulagée.

— D'accord, donc il n'est probablement pas blessé. Il est juste... parti ?

Rand avait l'air sérieux.

— On dirait bien.

— Bon, qu'est-ce qu'on peut faire ? Comment on

peut le retrouver ? Je ne peux pas rester ici sans rien faire.

Je ne pouvais pas cacher le désespoir qui transparaissait dans ma voix.

Rand sortit son téléphone.

— J'appelle Rob, dit-il.

Rob. C'était une bonne idée. C'était le loup alpha. Il saurait quoi faire.

Du moins, je l'espérais.

Rand informa rapidement Rob, puis écouta.

— D'accord... oui. Ça me semble être une bonne idée. On arrive tout de suite.

Il raccrocha et nous regarda, Natalie et moi.

— On va le traquer, à la manière des loups. Rob va alerter toute la meute. Natalie doit aller travailler, mais tu peux attendre chez Rob pendant qu'on le cherche.

Elle me tendit les bras et je me jetai dans les siens, ayant désespérément besoin de cette étreinte.

— Merci, dis-je d'une voix étranglée. Depuis un an, vous avez toujours été là pour moi, et ça signifie plus que tout.

— Bien sûr. Tu fais partie de la meute.

Rand se joignit à nous, formant une brève étreinte collective.

— Maintenant, allons trouver ton homme.

33

BOONE

JE ME RÉVEILLAI RECROQUEVILLÉ dans un tas de neige. Ma fourrure et le banc de neige formaient un nid douillet, protégé du froid et du vent.

Tout était calme. Il n'y avait que du blanc tout autour de moi.

Malheureusement, le silence et le calme n'atténuaient pas le bruit dans ma tête.

La nuit dernière, j'avais couru pendant des heures sans prêter attention à l'endroit où j'allais. Je m'extirpai de mon petit nid et secouai la neige de ma fourrure.

Mais où étais-je donc ?

J'avais perdu la tête, rongé par le dégoût de moi-même et le chagrin, et j'avais couru à sans voir où j'allais.

Je m'assis sur mes pattes arrière pour observer le paysage. J'étais dans les montagnes, mais où ? Jusqu'où avais-je couru ? Le territoire des meutes de loups pouvait s'étendre sur des milliers de kilomètres carrés. Les métamorphes ne s'éloignaient généralement pas autant. Notre côté humain nous poussait à rester plus près d'un abri conventionnel. Nous craignions que si nous restions trop longtemps sous notre forme de loup, nous devenions sauvages et incapables de reprendre notre forme humaine.

C'était peut-être ce que je devais faire. Courir tout droit vers le Canada, loin de toute civilisation, où aucun métamorphe ne pourrait me trouver. Ou je pouvais faire le contraire et rester près de la meute, les laisser me trouver et m'abattre. Rob avait sûrement contacté Johnny pour me traquer et m'achever.

C'était ainsi qu'ils traitaient les métamorphes sauvages. Non seulement nous représentions un danger pour les humains, mais si jamais ceux-ci capturaient ou tuaient un métamorphe sous sa forme de loup, cela risquait d'exposer notre espèce. Les métamorphes sauvages constituaient donc un danger important pour les nôtres. Ils étaient incontrôlables et indignes de confiance.

Comme moi.

Oui. J'avais le choix entre continuer à fuir ou me laisser traquer et tuer.

Je plongeai mon museau dans la neige et la léchai pour étancher ma soif. J'avais encore le goût désagréable du sang et de la chair dans la bouche, et j'étais sûr que mon museau en était recouvert.

Le souvenir de ce que j'avais fait me revint en pleine figure. Cet enfoiré avait frappé ma compagne. Il la dominait de toute sa hauteur alors qu'elle était attachée au pied du lit. Les yeux écarquillés de Summer quand je l'avais tué. La façon dont elle s'était éloignée de moi, terrifiée.

Putain.

La douleur me transperça.

Je ne la reverrais plus jamais.

Ma belle et douce compagne.

Comment allais-je survivre à ça ?

Je connaissais déjà la réponse : je n'y survivrais pas. Je ne deviendrais pas fou à cause de la lune, car je l'avais marquée, mais mon loup deviendrait fou tout de même. Je ne pouvais pas vivre sans ma compagne. Je ne pouvais pas respirer en sachant que je ne pourrais plus jamais la toucher. Lui faire l'amour. L'entendre crier mon nom...

Putain. Je devais mettre fin à cette angoisse.

Je ne pouvais pas penser à Summer. Mon estomac se nouait. Je devrais bientôt chasser pour manger, mais je n'avais aucune envie de le faire.

Je n'avais envie de rien.

Je levai le museau vers le ciel et hurlai.

Quelque part, à au moins un kilomètre et demi de là, j'entendis un autre loup hurler en réponse. Lointain, mais reconnaissable.

Mon poil se hérissa, reconnaissant instantanément le hurlement. Mon alpha.

Merde. J'étais donc toujours sur le territoire de la meute. J'aurais dû savoir que je finirais par revenir ici. Mon loup était resté fidèle à ce qu'il connaissait. Eh bien, je supposais que mon loup avait pris la décision à ma place : je me laisserais abattre. Peut-être que je trouverais enfin la paix.

De toute façon, je préférais que ce soit les membres de ma propre meute qui s'en chargent.

Un autre hurlement retentit dans la même direction, et je me levai, poussé par une force irrésistible à aller vers lui.

Je hurlai à nouveau pour leur répondre et me mis à courir dans la direction des autres loups.

Il me fallut vingt minutes, peut-être plus, pour les trouver sur ce terrain rocailleux et enneigé, ou peut-être que ce furent eux qui me trouvèrent grâce à notre système d'appels et de réponses par hurlements.

Nous nous retrouvâmes au sommet de la montagne derrière la maison de Rob. Je connaissais ma meute. Je reconnus leurs loups. Rob, mon alpha. Willow, sa luna.

Levi, Johnny, Clint, Rand, Colton, Boyd et... merde. Ace et Roy étaient là aussi.

J'aurais préféré qu'ils ne soient pas là. Je ne voulais pas qu'ils voient leur frère mourir entre les mâchoires de leur alpha.

Levi trotta dans la neige pour se placer à côté de moi, puis Rob tourna brusquement la tête, se retourna et partit dans la direction d'où il était venu. Les autres se retournèrent également. Je savais ce que cela signifiait, ce qu'il fallait faire. Je devais les suivre. Je n'avais pas le choix, surtout avec Levi à mes côtés. Avec Johnny ici, il rendrait peut-être justice rapidement. J'avais tué quelqu'un dans le monde des humains. J'allais enfin avoir ce que je méritais.

34

SUMMER

Sur la grande table de cuisine de Rob, Marina posa une plaque remplie de cookies au beurre de cacahuète et aux pépites de chocolat qu'elle venait de sortir du four pour les laisser refroidir, mais je n'avais aucune envie de goûter ses délicieuses pâtisseries.

Je faisais les cent pas dans la grande cuisine, mes chaussettes glissant sur le parquet.

— Rob et les autres sont partis à sa recherche, dit Marina. Ils le trouveront.

J'acquiesçai, mais ses paroles, censées me rassurer, ne parvinrent pas à apaiser la contraction intense des muscles sous mes côtes.

À ce moment-là, le téléphone de Natalie vibra,

signalant l'arrivée d'un message. Je me retournai vers elle, me tordant les mains.

— C'est Rand, dit-elle en regardant l'écran.

Je me précipitai pour regarder par-dessus son épaule.

> Nous l'avons trouvé. Rob l'a amené à
> la cabane de la meute pour discuter.

— Discuter ? demandai-je. Qu'est-ce qu'il veut dire par là ?

Natalie et Marina échangèrent un regard.

— Quoi ? demandai-je.

J'avais la gorge nouée. Je n'aimais pas ce regard.

— Eh bien, je ne sais pas exactement. Mais on dirait que ça concerne la meute. Ils doivent régler ça de leur manière, expliqua Natalie.

— Ça ? Que veux-tu dire par *de leur manière* ?

Je plissai les yeux, n'aimant pas la tournure que prenait la conversation.

Aucune des deux femmes ne répondit, et j'avais envie de les étrangler toutes les deux.

— Non, ce n'est probablement rien, dit Natalie, mais je remarquai un pli entre ses sourcils.

— C'est quoi rien ?

— C'est juste que Boone a agi de manière un peu irrationnelle. En fait, Rob doit voir s'il est vraiment trop dangereux. Ou s'il est devenu sauvage.

— Sauvage ? Que veux-tu dire ?

— Parfois, les loups deviennent sauvages. Ils restent sous leur forme de loup et ne veulent plus se retransformer. Quand cela arrive...

Une sonnette d'alarme retentit dans ma tête. La peur m'envahit, une peur bien plus grande que celle que j'avais ressentie la veille pour ma propre sécurité. Bien plus grande. J'avais mal au visage, mais j'avais mis de la glace et pris de l'ibuprofène. Ça allait. Pourquoi me soucier de mes blessures alors que Boone allait peut-être être considéré comme *sauvage* ?

— Quoi ?

— Eh bien, il faudra peut-être l'abattre.

Quoi ? L'ABATTRE ?

— Certainement pas, grognai-je. Où sont-ils ? Emmenez-moi à cette cabane, immédiatement, j'exigeai en me dirigeant vers la porte arrière où j'avais posé mes bottes.

— Nous devrions attendre, dit Natalie en posant un bras sur mon épaule. Comme si cela pouvait m'arrêter.

— Ils reviendront ici une fois que l'Alpha aura réglé les choses.

Je secouai la tête. Mes yeux se remplirent de larmes.

— Non. Pas question. Je ne laisserai personne toucher à Boone. C'est mon compagnon. Ils ne peuvent pas lui faire de mal ! Je l'aime, et Rob doit savoir qu'il a fait ce qu'il a fait à Marty pour me protéger.

— Je pense vraiment que Rob comprend cela, dit Marina doucement en venant se placer devant moi. La question est simplement de savoir s'il n'est pas trop tard maintenant.

Trop tard ?

Une larme coula sur ma joue. Il était impossible qu'il soit tard. Juste impossible.

Et même si c'était le cas, je le ramènerais à moi. Je ne le laisserais pas devenir sauvage. Jamais. Il ne serait jamais trop tard pour moi.

Je me tournai vers Natalie et plissai les yeux.

— Soit tu m'emmènes à cette cabane pour que je puisse parler à Rob, soit je vole ton pickup.

— Holà, doucement, dit Marina en levant la main.

— Maintenant ! rétorquai-je en posant les mains sur mes hanches.

Je savais que ce n'était pas la bonne façon de parler à mes copines, mais j'avais le cœur en charpie. C'était moi qui devais parler à Boone. Pour le convaincre de revenir vers moi. Vers nous tous. Je ne faisais confiance à aucun d'entre eux pour le faire.

Les deux femmes sursautèrent en entendant mes paroles.

— D'accord, dit Natalie. D'accord. On y va.

35

BOONE

ROB NOUS GUIDA à travers la neige jusqu'à la cabane de
la meute, située en haut de la montagne. Celle que
nous utilisions comme base pour les courses au clair
de lune, les réunions de la meute et d'autres
événements.

Il voulait donc discuter avant de décider de mon
sort. Très bien.

Nous entrâmes par la grande chatière sous notre
forme de loup, puis nous nous transformâmes. Sans
dire un mot, chacun sortit ses vêtements de rechange
de son casier dans le vestiaire.

— Bon sang, Boone, dit Roy d'un ton accusateur

pendant que nous nous habillions, Tu ne peux pas te défiler...

Rob émit un grognement sourd et Roy se tut. C'était Rob qui menait la danse. C'était lui l'alpha. C'était lui qui rendrait justice ce soir.

Personne n'essaya de parler après cela.

Lorsque nous entrâmes dans la salle de réunion, Rob grogna :

— C'est moi et Boone. Vous autres, attendez dehors.

— Oui, Alpha, murmurèrent les membres de la meute en sortant.

Je pris une longue inspiration. Cela me fit mal aux poumons après avoir été dehors dans le froid. Je portais un vieux survêtement et une chemise à carreaux bleu marine. Je n'avais pas pris le temps d'enfiler les chaussettes ou les chaussures que je gardais ici.

Rob me fixait, le regard noir et grave.

— L'ex de Summer, Marty. On s'en est occupé. Levi et Kyle géreront tout problème qui pourrait survenir avec les humains, d'autant plus qu'il était flic, mais il ne devrait rien se passer.

Je ne savais pas exactement ce qu'il voulait dire. Il restait volontairement vague. S'il avait voulu que j'en sache plus, il me l'aurait dit. Alors je laissai tomber, car je savais que Marty ne ferait plus jamais de mal à Summer.

Mais ce n'était pas pour cela qu'il m'avait fait venir ici pour me parler en privé. Ce n'était qu'un préliminaire, un rappel de ce que j'avais fait et du fait que la meute avait dû réparer mon erreur. Le poids d'être moi-même s'abattit sur mes épaules comme une couverture de plomb. Je devais m'excuser. Peut-être supplier pour ma vie.

Au lieu de cela, ce qui sortit de ma bouche fut l'excuse que je ne lui avais jamais présentée. Celle d'il y a quinze ans.

— Je n'ai jamais voulu ta place d'Alpha, avouai-je.

Rob haussa les sourcils. Ce n'était manifestement pas la conversation à laquelle il s'attendait.

— Mon père voulait que je te mette au défi, continuai-je. Je pense que tu le savais probablement. Nous nous sommes battus, puis je suis parti. Je ne sais pas pourquoi je ne t'ai jamais avoué la vérité.

Rob se frotta la nuque.

— Putain, Boone, ça te ronge depuis toutes ces années ?

Je le fixai, plongé dans une profonde détresse. J'avais soudainement seize ans à nouveau, et le poids de ma condition était si lourd qu'il m'écrasait. Je m'éclaircis la gorge avant de poursuivre.

— Je ne voulais pas que tu bannisses ma famille. Nous avions désespérément besoin de cette meute, dis-je en levant la main et pointant en direction de l'autre pièce où les autres attendaient. Mes frères en avaient besoin. Tes parents étaient tout pour nous après la mort de notre mère. Et puis...

— Attends, Boone, m'interrompit Rob en levant la main pour mettre fin à mon flot de paroles saccadées. Si tu penses que tu me dois des excuses, tu délires complètement. Oui, j'étais au courant. Enfin, je m'en doutais. Tu étais parti, et ton père avait eu l'air épuisé pendant plusieurs semaines, le temps de se remettre. Il était aussi d'une humeur massacrante. J'en ai eu la certitude quand il a essayé de forcer Roy à se battre contre moi pour le poste quelques années plus tard. Tu crois que je t'ai tenu pour *responsable* de toute cette histoire ?

Je me passai les doigts dans les cheveux. Je n'avais même pas été dans le Montana à l'époque et je n'avais entendu parler de ce qui s'était passé que bien plus tard.

— Eh bien, tu aurais pu me considérer comme une menace.

— C'est pour ça que tu es resté loin pendant toutes ces années ? demanda Rob, incrédule. À New York, rien que ça ?

Je haussai les épaules.

— Oui, en partie. Aussi parce que la dispute avec mon père avait mis fin à notre relation. J'ai failli le tuer.

Rob ne semblait pas surpris. Je ne pouvais lire que de la compassion dans son regard.

— Tu as dû avoir peur.

D'une certaine manière, dans notre monde régi par la loi du mâle dominant, je ne m'étais pas attendu à une telle franchise. Ni à une telle compassion. Notre père ne parlait jamais des sentiments des autres et ne les prenait jamais au sérieux. Surtout quand il s'agissait d'un homme qui avait peur.

Mon nez me brûlait.

— Oui. Eh bien, ça a fait peur à Roy et à Ace. Alors j'ai pensé que ce serait mieux pour tout le monde si je partais loin.

Rob s'approcha de moi et posa une main sur mon épaule.

— Boone, je te dois des excuses. J'aurais dû t'appeler quand tu étais à New York. Ou te rendre visite. Je me suis dit que quelque chose était arrivé à ton père, surtout parce que tes frères semblaient cacher quelque chose, mais, euh, j'essayais de trouver comment gérer mon chagrin après le décès de nos parents tout en apprenant à diriger une meute.

Mes yeux me brûlaient.

— Oui, bien sûr. Je ne m'attendais pas à ce que tu me contactes.

— Eh bien, j'aurais dû, répondit-il. Et je suis désolé. Parce que si tu avais su que je ne te reprochais rien, tu ne serais peut-être pas resté si loin.

Il était désolé ?

— Je suis parti parce que je suis dangereux.

Ma voix semblait avoir été transpercée par des lames.

J'entendis le bruit d'un pickup qui s'arrêtait dehors. Sans doute d'autres membres de la meute qui venaient nous rejoindre.

Rob secoua la tête.

— Tu n'es pas dangereux, Boone. Tu es mon cousin, ce qui fait de toi un loup alpha. Tu es extrêmement protecteur, comme tu es censé l'être. C'est dans notre sang.

Je le regardai fixement. Je voulais croire ce qu'il disait, mais les faits ne le confirmaient pas. J'allais toujours trop loin. Je gâchais tout.

— As-tu déjà fait du mal à quelqu'un qui ne le méritait pas, Boone ? demanda-t-il.

Je transpirais, le conflit en moi me donnant l'impression que des autos tamponneuses s'entrechoquaient dans mon cerveau.

— Je... je ne sais pas.

Rob secoua la tête.

— *Moi*, je le sais. Jamais. L'ex de Summer ? Il aurait fini par la tuer. J'ai déjà vu des cas comme ça. La justice de la meute l'aurait condamné à mort. Tu n'es pas dangereux, Boone. Tu es juste un alpha, putain. Nous sommes issus d'une longue lignée de mâles alpha.

La porte s'ouvrit brusquement et... oh, mon dieu ! Mon corps tout entier s'illumina, attiré comme un aimant par la femme qui se précipitait à l'intérieur. Summer entra en courant.

— Personne ne touche à mon compagnon ! cria-t-elle, puis elle m'aperçut.

Son compagnon. Elle me revendiquait. Elle me voulait toujours, même après ce que j'avais fait.

Avant que je ne comprenne ce qui se passait, Summer me passa ses bras autour de la taille et me serra fort contre elle.

— Mon amour, dis-je doucement en posant ma main sur ses cheveux.

Comme une prière à voix basse. Une bénédiction. Un vœu sacré.

Summer était là. Mon loup intérieur était apaisé.

Mon dieu, j'avais failli mourir sans elle. Ou du moins, j'avais voulu mourir. Maintenant, j'avais l'impression de me réveiller soudainement d'un coma.

J'étais à nouveau vivant. Elle était ma raison de vivre et de respirer. Elle était mon rayon de soleil. Ma musique. Mon lien avec les autres humains.

Elle se tourna vers Rob et lui lança un regard noir.

— Il ne représente *aucun danger*, grogna-t-elle d'une voix sauvage.

Elle lui donna même un petit coup de doigt sur la poitrine.

— Personne n'a le droit de le toucher. Il ne ferait jamais, *jamais* de mal à quelqu'un qui ne le mérite pas.

Rob esquissa un petit sourire.

— Tu sais, Summer, c'est exactement ce que j'étais en train de lui dire.

— Ah bon ?

Elle modifia le ton de sa voix et baissa le bras.

— Eh bien, tant mieux. Merci.

Elle leva les yeux vers moi et fronça les sourcils.

— Boone, ne t'enfuis plus jamais comme ça.

Des ailes se mirent à battre dans mon cœur.

Je pris son beau visage entre mes mains. Sa joue était enflée et coupée, ce qui me faisait mal au cœur.

— Je ne le ferai plus, je promis. Je suis désolé, ma chérie. Je... j'ai perdu le contrôle, expliquai-je. Je t'ai fait peur, et je ne me le pardonnerai jamais...

Je réalisai que Rob était sorti pour que nous puissions être seuls.

— Non.

Summer secoua la tête. Elle avait prononcé ces mots avec suffisamment de fermeté pour que je reste silencieux.

— Tu n'as pas perdu le contrôle. J'étais en parfaite sécurité avec toi. Tu as fait tout ce qu'il fallait pour me protéger et me sauver des griffes de Marty, et je t'en suis infiniment reconnaissante.

Ses yeux se remplirent de larmes.

— Alors ne t'en veux surtout pas.

Sa férocité me fit esquisser un petit sourire.

Ma magnifique compagne était venue se battre pour moi. Elle avait affronté un loup alpha. Pour moi. Elle m'avait revendiqué. Elle n'avait pas eu peur.

— Mais tu t'es enfui alors que j'avais encore besoin de toi, dit-elle. Et ça m'a fait mal.

Je passai une main dans mes cheveux en bataille.

— Putain, Summer. Je suis vraiment désolé. Je pensais juste... que tu serais plus en sécurité sans moi.

Elle secoua la tête.

— Non. J'ai *besoin* de toi, Boone. Je ne veux pas vivre sans toi. Plus jamais.

Ses yeux brillaient de larmes. Elle me donna un petit coup dans la poitrine et grimaça pour prendre un air sévère.

— Tu es mon compagnon. Alors ne t'enfuis plus jamais. C'est une règle.

Je laissai échapper un petit rire de soulagement. Cela semblait fou que je puisse passer de la haine de moi-même à un état d'euphorie totale en l'espace de quelques minutes, mais c'était pourtant le cas. Rob ne me détestait pas. Bon sang, c'était lui qui s'était excusé auprès de moi, et non l'inverse.

Summer avait besoin de moi. Elle ne voulait pas me quitter. Elle n'avait pas peur de moi. Je pensais avoir tout gâché en tuant son ex, mais ma véritable erreur avait été de quitter ma compagne. Tout à coup, tout m'apparut clairement.

— Je... Je ne te quitterai plus jamais. Je te le promets.

La porte s'ouvrit brusquement et Roy entra en tapant des pieds, suivi d'Ace.

— J'espère que tu lui as cassé la gueule pour s'être enfui, grogna-t-il à Summer.

Elle se redressa de toute sa hauteur – un mètre soixante – et se plaça devant moi comme pour me protéger.

— Non. Il a assez souffert. Et vous devez mettre de l'ordre dans vos affaires passées, maintenant, ordonna-t-elle.

Mes lèvres se courbèrent un peu plus. Ma compagne pouvait être féroce quand elle le voulait, et j'adorais ça.

Elle mit ses mains sur ses hanches et leur dit tout ce que j'avais encore à leur dire.

— Boone est rongé par la culpabilité de vous avoir abandonnés, mais il pensait aussi que c'était la meilleure chose à faire pour préserver l'harmonie familiale. Il pensait qu'il était trop dangereux pour rester et qu'il vous avait traumatisés en se battant avec votre père devant vous.

Je faillis tomber par terre, tellement j'étais honoré qu'elle me comprenne si bien. Summer m'avait rencontré moins de deux semaines plus tôt, mais j'avais l'impression qu'elle me connaissait vraiment. Comme si elle me connaissait mieux que je ne me connaissais moi-même.

J'avais aussi honte d'avoir mis toutes ces années à

avouer la vérité, tant à Rob qu'à mes frères. Combien d'années avions-nous passé sans en parler ? À tout simplement éviter le sujet ?

— Nous traumatiser ? Putain, non. Notre seul traumatisme, ça a été ton départ, dit Ace. On avait besoin de toi, Boone. Papa était un vrai connard, et tu nous as abandonnés. Tout comme tu as abandonné ta compagne quand elle avait besoin de toi.

J'avais la gorge nouée.

— Je suis désolé, dis-je d'une voix étranglée, en regardant Ace, Roy et Summer. J'ai merdé.

— Merci.

Summer accueillit mes excuses avec la même grâce dont elle faisait preuve en toutes circonstances.

— Nous avons *besoin* que tu sois féroce. Nous avons besoin que tu sois dangereux. Arrête d'avoir peur de qui tu es et d'essayer à tout prix de le dissimuler. Tu es exactement ce que tu es censé être : un danger pour tous ceux qui s'en prennent à ceux que tu aimes.

C'était exactement ce que Rob avait dit.

Mes yeux me brûlaient et je ne pouvais soudainement plus respirer. J'enlaçai Summer par derrière, m'accrochant à ma bouée de sauvetage.

— Elle a raison, vieux, dit Roy en me souriant. Personne ici n'a peur que tu sois dangereux, sauf toi. Alors arrête de te terrer comme un ermite et recommence à vivre. Tu as une compagne maintenant. Une compagne qui est en train de devenir célèbre.

Roy fit un clin d'œil à Summer, qui lui rendit son sourire.

J'embrassai le sommet de son crâne. Ma poitrine me faisait mal tant mon cœur était gonflé. Les personnes que j'aimais le plus au monde s'aimaient aussi les unes les autres. C'était un bonheur que je n'aurais jamais pensé connaître.

— Oui, dit Ace. Tu vas probablement devoir faire une tournée mondiale avec elle, alors il faut que tu t'habitues à être entouré de gens.

Le sourire de Summer s'élargit encore.

— Je ne sais pas trop.

— Moi, je sais, dis-je avec une certitude absolue. Un contrat avec une maison de disques, une tournée, des fans en délire. Voilà ce qui t'attend, ma belle compagne.

— Et tu allais abandonner *ça* ?

Roy ouvrit la paume de sa main et la pointa vers Summer pour souligner son propos.

— Je ne suis pas *ça*.

Elle se retourna dans mes bras et leva les yeux vers moi.

— Et il ne m'abandonnera plus jamais. N'est-ce pas ?

— *Jamais*, je jurai. C'est la règle. Je suis désolé. Je vous dois tous des excuses.

— Ça va aller, vieux.

Roy me serra la main et m'attira vers lui pour me

donner une tape dans le dos.

Ace fit de même.

— Ouais, vieux. On t'aime. Arrête juste un peu de faire le con.

Summer reprit sa place dans mes bras et me serra contre elle.

— Rentrons à la maison.

À la maison.

Je ne savais pas de quelle maison Summer parlait, mais cela m'était égal. Ma maison était là où elle se trouvait. Et oui, je la suivrais jusqu'au bout du monde. Au moins, cela m'apparaissait clairement maintenant que j'avais sorti la tête de mon cul.

Je la pris dans mes bras.

— Rentrer à la maison, c'est exactement ce dont j'ai besoin, ma toute belle.

CHAPITRE TRENTE-SIX

SUMMER

— Je suis désolé, ma chérie.

Boone posa mes pieds sur le sol de sa cabane. Ace et Roy nous avaient déposés chez Boone, et il m'avait portée à l'intérieur. Tous les autres membres de la meute étaient rentrés chez eux.

Il caressa ma joue et baissa la tête pour m'embrasser lentement et tendrement.

— J'aurais dû être avec toi hier soir. J'aurais dû te prendre dans mes bras et te réconforter après ce qui s'était passé.

Je ne voulais pas qu'il se sente encore plus coupable, mais j'étais soulagée d'entendre qu'il comprenait qu'il m'avait blessée. J'espérais que cela signifiait qu'il ne se détournerait plus de moi. Qu'il n'y aurait pas de prochaine fois à son schéma habituel consistant à commettre un acte violent puis à s'enfuir.

— Je me suis sentie abandonnée, avouai-je, car dire mes sentiments à voix haute faisait partie d'une relation saine.

Du moins, c'était ce que j'avais lu dans les livres, quand j'avais essayé de sauver un mariage voué à l'échec.

— Au début, j'étais très en colère.

Il regarda le bleu sur ma joue, les sourcils froncés.

— C'est moi qui aurais dû te mettre de la glace sur le visage.

— J'aurais aimé que tu le fasses, avouai-je. Mais quand j'ai vu que tu n'étais pas rentré ce matin, j'ai réalisé que je me focalisais sur moi alors que j'étais en sécurité chez moi. C'était toi qui étais en danger et qui souffrais. J'ai donc compris que tu avais autant besoin de moi que j'avais besoin de toi.

Boone cligna rapidement des yeux, les larmes lui montaient aux yeux.

— J'avais besoin de toi. Je ne m'en sortirais pas sans toi.

Puis il eut l'air légèrement inquiet, comme s'il avait dit quelque chose de déplacé.

— Je veux dire, ça ne veut pas dire que tu es coincée...

Je posai mes doigts sur ses lèvres.

— Non. Ne te censure plus avec moi. Je sais qu'au début, j'ai paniqué. Je comparais tout ce que tu faisais et disais à Marty, et certaines choses me semblaient être des mauvais signes, mais j'avais complètement tort. Je veux que tu saches que je n'ai pas peur de toi. Je ne pense pas que tu sois trop possessif. Je n'ai aucune réserve à ton sujet, Boone. À notre sujet.

Je commençai à déboutonner sa chemise à carreaux, la fis glisser le long de ses épaules, dévoilant son torse magnifique et sculpté, recouvert d'une épaisse couche de boucles brunes, toutes douces. Je laissai mes paumes vagabonder sur ses muscles, le caressant avec admiration. Je déboutonnai son jean.

— Avant, je ne croyais pas au destin, mais maintenant, j'y crois moi aussi. Nous sommes ensemble parce que nous étions destinés à l'être. Toi et moi.

Cette fois-ci, quand il m'embrassa, il ne fut pas tendre. Il fut féroce. Sa bouche dévora la mienne, ses lèvres s'écrasèrent sur les miennes, sa langue s'engouffra dans ma bouche. Il agrippa l'arrière de ma tête pour me maintenir en place pendant son assaut, me montrant ce qu'il ressentait.

— Je t'aime, Boone, dis-je quand il me laissa respirer pour reprendre mon souffle.

— Putain, Summer. Je t'aime tellement.

Il recommença à m'embrasser fougueusement, me serrant les fesses et me faisant reculer jusqu'à ce que mes jambes touchent les draps, puis nous tombâmes tous les deux sur le lit. Il plaça un bras à côté de ma tête, soutenant son poids au-dessus de moi pour ne pas m'écraser.

Une expression malicieuse se dessina sur son visage.

— Alors, tu veux dire que je n'ai plus besoin de me retenir ?

Je haussai les sourcils.

— Tu te retenais ?

— Oh oui, ma compagne. Je me retenais *beaucoup*.

Il se mit à genoux et fit glisser mon pantalon de yoga et ma culotte le long de mes jambes.

— Tu vas bientôt découvrir à quoi ressemble un loup alpha dominant au lit.

Ma chatte se contracta, un frisson de désir me parcourut.

— Oui, s'il te plaît.

Il fixa mon corps presque nu avec des yeux brillants.

— Tu es à moi.

À lui. Oui, j'aimais bien cette idée d'être à lui. Cela ne m'effrayait plus. En fait, j'en avais envie. Mon corps était parfaitement en phase avec lui. Avec ses caresses. Sa voix. Sa présence. Comme s'il avait été fait pour moi. J'étais à lui, et il était à moi.

Il fit glisser son pantalon de survêtement le long de ses hanches et l'envoya valser d'un coup de pied.

— Je vais avoir besoin de voir tes seins parfaits. *Enlève ton soutien-gorge.*

Il y avait dans sa voix un ton autoritaire qui me fit frissonner de désir.

Je savais que c'était un jeu. Que j'étais en parfaite sécurité. Qu'il ne me ferait jamais de mal. Et cela rendait sa domination terriblement sexy. J'avais déjà été dans une situation où j'avais eu peur de mon partenaire. Je savais que cela ne se reproduirait plus jamais.

Je fis glisser les bretelles de mon soutien-gorge le long de mes épaules et soutins le regard de Boone pendant que je le dégrafais.

Puis je tins le sous-vêtement en place, couvrant mes seins, pour tester sa réaction.

Il haussa les sourcils en grimpant à quatre pattes sur moi. Son sexe en érection effleura mon ventre.

— J'ai dit : « *enlève ton soutien-gorge* », ma chérie. Je

veux voir si tes jolis tétons sont déjà durs, s'ils pointent pour moi, ou si tu as besoin que je passe ma langue dessus et que je les suce jusqu'à ce qu'ils soient bien dressés.

Oh mon Dieu. Ma chatte se contracta à nouveau. J'ignorais que Boone était un maître dans l'art des propos coquins.

J'avais raté quelque chose.

Je baissai lentement le tissu du soutien-gorge, dévoilant mes tétons, qui étaient déjà au garde à vous. Je baissai tout de même les yeux, puis je le regardai à nouveau et lui dis :

— Peut-être qu'ils ont besoin d'être un peu plus stimulés.

Boone esquissa un sourire satisfait en baissant la tête. Il passa brièvement sa langue sur mon téton droit, puis sur mon téton gauche. Il souffla ensuite dessus pour le sécher, provoquant une sensation nouvelle.

Je me cambrai de plaisir.

— Encore.

Boone pencha la tête, comme s'il réfléchissait à ma demande.

— À qui appartiennent ces magnifiques seins ?

Mon cerveau bredouilla une réponse défensive, mais je me souvins alors qu'il s'agissait d'un jeu. Un jeu délicieux.

— À toi.

Son sourire était sauvage.

— C'est exact, ma trop belle. Ce corps est à moi. Je suis là pour lui donner du plaisir.

Il prit mon sein droit dans sa main, ses doigts épais en épousant les contours, et le porta à sa bouche. Cette fois-ci, il prit mon téton dans sa bouche et le suça vigoureusement.

Je poussai un cri, sentant une sensation intense entre mes jambes.

— Oh mon dieu.

Je gémis lorsqu'il revint à mon téton et le suça à nouveau, puis relâcha la succion et effleura légèrement la pointe dressée avec ses dents.

Il s'assit, à califourchon sur ma taille, et caressa mes seins des deux mains, puis descendit le long de mes côtés. Il baissa les lèvres pour m'embrasser le long de la mâchoire et dans le cou.

Il prenait trop de temps. J'avais besoin de le sentir en moi. J'étais déjà impatiente.

— S'il te plaît. Baise-moi, Boone.

Il sourit mais continua ses baisers entrecoupés de coups de langue. Sur ma clavicule. Entre mes seins. Sur le doux relief de mon ventre.

— Tu es une petite gourmande, n'est-ce pas ?

— Oui, je gémis.

— Tu penses que tu es prête pour ma bite ?

— Oui.

— Hum. Voyons voir.

Il glissa ses doigts entre mes jambes tout en

m'embrassant plus bas, sur mon pubis, puis juste en haut mes lèvres. Le bout de ses doigts s'enfonça dans mon intimité trempée.

— Mmm. Oui, tu m'offres beaucoup de miel, n'est-ce pas, ma belle ?

Je perdais la capacité de parler ou d'avoir des pensées cohérentes. Je me contentais de pousser des gémissements de plaisir.

Boone enfonça deux doigts en moi au moment où sa langue plongeait entre mes lèvres, les écartant.

Je criai :

— Oh ! Oh...

Il caressa ma paroi interne du bout des doigts, stimulant ce qui devait être mon point G.

— Boone !

Si je semblais alarmée, c'était seulement parce que c'était presque *trop* de plaisir. Trop de stimulation. J'avais besoin de plus. De quelque chose qui m'aide à libérer la tension qui montait rapidement en moi.

— Je t'en prie... Boone !

Boone trouva mon clitoris, là où tous les nerfs du point G se rejoignaient, et commença à le sucer.

Je poussai un cri, terrassée par un orgasme.

— Oh mon Dieu !

Oh mon Dieu !

J'avais vraiment l'air paniquée. C'était trop. Trop intense. Je criai – criai littéralement – un cri aigu et perçant pendant plusieurs longues secondes jusqu'à ce que mon orgasme se termine.

— Oh mon Dieu, Boone, dis-je en essayant de reprendre mon souffle. Qu'est-ce que tu me fais ?

Il me retourna et me donna une claque sur les fesses. Dans mon état second, je ressentis cela comme une sensation de pur plaisir.

— Je satisfais ma compagne.

Il me donna une claque sur l'autre fesse.

— C'est mon travail, chérie. Te donner du plaisir est mon activité préférée au monde.

Oh mon Dieu. Il m'avait donné une fessée !

Une secousse secondaire me parcourut tout le corps, provoquant un frisson général et une contraction de mes muscles internes.

— Ohhhhh, je gémis, déjà épuisée par ce que je pensais n'être que les préliminaires.

— Maintenant, tu vas être sage et prendre ma bite ?

Boone écarta mes cuisses, puis s'agenouilla entre, au lieu de rester à l'extérieur.

— Mmm.

Boone se pencha et me mordit légèrement l'épaule.

— Hmm ?

Sa bite effleura ma fente et je cambrai le dos pour l'accueillir.

— Tu es prête à te faire défoncer ?

Oh, *merde.*

Ma chatte se contracta à nouveau. J'étais étourdie

par le désir. Cet homme savait vraiment dire des mots cochons. Ses paroles seules suffisaient à me rendre folle.

— Oui, dis-je en un soupir.

J'avais vraiment envie de le sentir en moi. Pour moi, les doigts ne pouvaient pas remplacer une vraie bite.

Il s'enfonça facilement, lentement, pour me laisser le temps de m'habituer à la taille de son sexe.

— Mmm, murmurai-je.

Boone eut un petit rire.

— C'est bon, chérie ? Il se retira doucement et s'enfonça à nouveau.

— Tu aimes être prise par derrière ?

— Ouiiiii, je criai.

— Peut-être que tu aimerais encore plus avec un oreiller sous tes hanches.

Il enroula son bras puissant autour de ma taille et souleva mes hanches pour faire de la place pour un oreiller.

Je gémis au rythme de ses coups de reins, écartant encore plus les jambes, soulevant mes fesses plus haut.

— Oui, tu aimes ça. Tu aimes quand je te prends profondément, n'est-ce pas, chérie ?

— Oui, acquiesçai-je.

— Je vais te baiser sauvagement. C'est ce que tu veux ?

Il n'avait pas besoin de demander mon

consentement. Je savais déjà avec certitude que Boone s'arrêterait immédiatement si quelque chose me faisait mal. Il prendrait soin de moi. Je pouvais lui faire confiance, lui confier mon corps, et maintenant que nous avions surmonté ses croyances selon lesquelles il était dangereux, mon cœur.

Néanmoins, je lui donnai le consentement qu'il désirait.

— Oui.

Plus tard, nous pourrions parler de mon consentement général, même si nous voulions jouer à faire semblant que je ne sois pas d'accord. J'étais tout à fait d'accord pour qu'il soit brutal avec moi, car c'était un homme prêt à tuer ou à mourir pour moi.

— Putain, ma chérie. Je vais jouir. Je ne peux plus me retenir.

— Oui ! criai-je. Jouis !

Il accéléra le rythme, son bassin claquant contre mes fesses, les bruits humides de nos ébats résonnant dans la petite cabane.

— Tu prends si bien ma bite, ma petite chérie. Tu es tellement gentille.

Je ne rendais compte que j'aimais les compliments, j'adorais entendre ses louanges.

— Putain, ma chérie. Putain. Pose tes mains sur la tête de lit. Écarte plus les jambes. Donne-moi ce joli cul. C'est ça.

Il me pénétrait violemment et je n'arrivais plus à respirer.

Oh. Bon. Sang. J'étais surprise que le lit n'ait pas pris feu.

— Je jouis. Tu jouis avec moi ?

— Oui !

J'étais clairement une fille qui pouvait jouir grâce à la pénétration vaginale. J'aimais qu'on touche mon clitoris, mais je n'en avais pas besoin pour jouir.

Boone s'enfonça en moi, et j'aurais juré que j'avais senti la chaleur de son sperme lorsqu'il me remplit. Je me contractai autour de sa queue, intentionnellement au début, puis mon corps comprit le message et j'eus un orgasme intense. La pièce tournait. Je me sentais étourdie.

Boone gémit, toujours en train de jouir. Ses doigts se glissèrent sous mes hanches et trouvèrent mon clitoris, et j'eus une nouvelle vague de convulsions, jouissant pour la troisième fois.

— C'est bien, ma gentille fille, ronronna-t-il. Je vais te faire jouir jour et nuit.

ÉPILOGUE

SUMMER

— J<small>E N'ARRIVE PAS</small> à croire que tout ceci soit réel.

Je serrai la main de Boone, levant les yeux vers l'imposant bâtiment aux fenêtres vitrées qui abritait la maison de disques de Sara. Je venais de Los Angeles et j'étais habituée à la foule, mais New York avait quelque chose de différent. Tout était plus haut, plus bondé, plus bruyant. C'était excitant, mais cela me donnait aussi envie de retrouver notre cabane tranquille et paisible dans les bois.

C'était le printemps, et Boone et moi étions venus à Manhattan pour signer le contrat que mon avocate, Selena Jenkins, avait négocié. C'était une métamorphe qui faisait partie de la meute des Wolf, et qui s'occupait aussi d'affaires juridiques pour les humains. Pour elle, mon cas relevait du domaine divertissant. Ce n'était pas tous les jours qu'on signait un contrat dans le domaine musical !

Boone avait réservé un studio d'enregistrement pour moi à Missoula, j'avais enregistré ma démo et je l'avais envoyée à Sara comme elle me l'avait demandé. Elle m'avait presque immédiatement envoyé un contrat type.

Cela m'avait semblé trop facile. Trop beau pour être vrai.

Mais c'était aussi ainsi que je percevais ma relation avec Boone.

J'avais cessé de chercher des signes avant-coureurs, mais il m'avait tout de même fallu plusieurs mois pour réaliser à quel point ma vie était devenue belle. Pour accepter tout ce que Boone voulait m'offrir. Pour comprendre que je le méritais, que j'en étais digne, et je lui rendais la pareille avec la même énergie.

Il me gâtait avec son attention, sa gentillesse, ses ébats amoureux et son argent. Tout ce qu'il semblait attendre en retour, c'était que je le laisse faire, mais j'essayais aussi de lui rendre la pareille d'autres manières. Je m'assurais qu'il reste sociable, qu'il se rende aux réunions et aux courses à la pleine lune, et qu'il se crée une communauté autour de lui. Ses frères et lui s'entendaient mieux maintenant, ce qui était formidable, car je les aimais bien.

— C'est la réalité.

Boone m'ouvrit la porte et nous entrâmes dans le bâtiment. L'intérieur était élégant et moderne, avec un sol en marbre et un plafond surélevé.

Je pris une inspiration pour parler au gardien qui travaillait à la réception et lui dire que nous étions là pour voir Sara.

— Je suis tellement nerveuse, avouai-je à Boone alors que nous entrions dans l'ascenseur.

Je lui pris la main, il serra la mienne.

— Ma belle, tu n'as pas à t'inquiéter.

Il se pencha et m'embrassa sur le sommet du crâne.

— Le contrat a déjà été négocié. Ce n'est qu'une formalité.

Il avait raison. J'aurais très bien pu signer le contrat par voie électronique, mais il avait suggéré que nous prenions l'avion pour rencontrer Sara en personne.

Il avait dit qu'une rencontre en face à face renforcerait notre relation et garantirait qu'elle travaillerait vraiment d'arrache-pied pour faire connaître ma musique dans le monde entier, même s'il ne doutait pas qu'elle le ferait de toute façon. Ils se connaissaient depuis longtemps et s'étaient liés d'amitié dans des circonstances difficiles. Je faisais confiance à son jugement. De plus, il voulait me faire visiter New York, car je n'y étais jamais allée.

Nous avions pris l'avion quelques jours auparavant, en première classe – une première pour moi – et nous logions au Waldorf Astoria. Oui, il me gâtait énormément.

Sara nous attendait devant les ascenseurs au vingt-troisième étage.

— Bonjour, Summer. Boone.

Je m'étais attendue à une certaine formalité, mais malgré son élégant tailleur-pantalon et ses talons hauts, Sara nous traitait comme des membres de sa famille. Elle embrassa Boone et fit de même avec moi, en m'adressant un sourire radieux.

— Je suis ravie de te rencontrer en personne, Summer. Je suis vraiment très heureuse de t'accueillir parmi nous, dit-elle en nous faisant signe d'avancer.

— Venez, nous allons signer les papiers, puis je vous emmènerai déjeuner.

Elle nous conduisit dans une salle de conférence avec une baie vitrée donnant sur Manhattan et une immense table moderne en verre pouvant accueillir au moins vingt-cinq personnes. Le contrat était déjà prêt, avec un stylo plume élégant et des flèches autocollantes indiquant les endroits où je devais signer.

Je pris le stylo, puis me souvins de ce que mon responsable des réseaux sociaux, alias Riley, m'avait dit concernant le fait de filmer la scène.

— Euh, ça ne te dérangerait pas de filmer ? Je

voudrais poster ce grand moment sur les réseaux sociaux.

Je sortis mon téléphone et le tendis à Sara.

Elle sourit.

Au cours des quatre derniers mois, j'avais beaucoup appris sur la manière de me faire connaître. Riley m'avait demandé de publier tous les jours des extraits de chansons que j'avais enregistrées pour la démo, ainsi que des anecdotes sur « la vie quotidienne d'une musicienne ». Je parlais beaucoup du Cody's Saloon, car je continuais à y travailler pour le plaisir, et son activité avait pris de l'ampleur grâce à cette notoriété. C'était fou, mais certains extraits de mes chansons avaient été réutilisés des dizaines de milliers de fois dans les publications d'autres personnes.

Sara voulait que les enregistrements professionnels soient réalisés la semaine suivante, dès que les formalités administratives seraient finalisées.

— Bien sûr. Mon assistante filmera également pour nos propres réseaux sociaux.

Elle désigna la jeune femme derrière elle qui tenait un téléphone.

Je souris à la caméra pendant que je signais les documents. Je signais ! Ça y était, c'était fait. Oh mon Dieu ! Je jetai un coup d'œil à Boone, qui me fit un clin d'œil.

— Félicitations, dit Sara. Tu es officiellement sous contrat. Levons nos verres pour fêter ça.

Son assistante déboucha une bouteille de champagne et nous servit à boire. Nous nous levâmes pour trinquer.

— À ta santé, Summer, et à ce qui sera, j'en suis sûre, une carrière brillante et couronnée de succès, déclara Sara. Et à toi, l'homme qui a pris un couteau à ma place et m'a sauvé la vie, dit-elle en se tournant vers Boone.

L'assistante eut le souffle coupé lorsque nous trinquâmes. De toute évidence, elle ne connaissait pas l'histoire entre sa patronne et Boone.

Boone me regarda.

— Non, tout ça est pour toi, ma chérie. C'est l'heure de gloire de Summer. Je ne veux pas partager cette gloire avec toi. Je veux juste te regarder décoller comme une fusée.

Je posai mon verre et me jetai dans ses bras. Il était si grand, si réconfortant, si fort et... à moi.

— Je n'aurais jamais pu y arriver sans toi.

Il passa son bras autour de moi et me serra contre lui. C'était mon endroit préféré au monde. Là où je me sentais en sécurité, protégée et aimée.

— Bien sûr que tu aurais pu. Tout cela, c'est toi qui l'as accompli. Mais ne t'inquiète pas, je ne vais nulle part. Je serai avec toi où que ça te mène.

— Oh, vous êtes trop mignons tous les deux. Pourquoi ne vous mariez-vous pas ? demanda Sara.

Boone s'éclaircit la gorge.

— En fait, après le déjeuner, je pensais que nous pourrions aller chez Tiffany's pour acheter une bague.

Je retins mon souffle.

— Tu me demandes de t'épouser ?

Il se figea, comme s'il venait de réaliser qu'il avait raté sa demande en mariage.

Je ris parce que je comprenais son point de vue : dans son esprit, et pour les membres de son espèce, nous étions déjà plus qu'époux. Une bague et des papiers administratifs étaient des rituels humains, pas ceux des métamorphes, et je ne m'étais jamais attendue à ce qu'il me demande en mariage.

— Ce n'était pas très habile de ta part, Boone, le réprimanda Sara, avec un sourire pour adoucir ses propos.

Boone s'agenouilla.

— Et là, c'est mieux ?

— Oui ! m'écriai-je pour lui éviter d'avoir à bredouiller un discours qu'il n'avait pas préparé.

Je savais qu'il m'aimait. Je savais qu'il était sincère. Je n'avais pas besoin de belles paroles ou de discours sophistiqué. J'avais déjà vécu tout ça, et ça n'avait été que des paroles en l'air. Ce que j'avais avec Boone était réel. Tellement réel que j'aurais misé ma vie dessus.

— Eh bien, ça a été facile, dit Sara en riant.

Je m'assis à califourchon sur les genoux de Boone et m'approchai prudemment de lui pour embrasser ses lèvres.

— C'est un homme bien, dis-je à voix haute. À moi, chuchotai-je avant de l'embrasser à nouveau.

C'était l'homme de ma vie. Mon compagnon. Mon loup et bientôt mon mari.

J'étais la femme la plus chanceuse du monde.

CONTENU SUPPLÉMENTAIRE

Devinez quoi ? Voici un petit bonus rien que pour vous.
Inscrivez-vous à notre liste de diffusion; un bonus spécial
réservé à notre abonnés. En vous inscrivant, vous serez aussi
informée dès la sortie de notre prochains romans (et vous
recevrez un livre en cadeau... waouh !)

Comme toujours... merci d'apprécier mes livres.

http://vanessavaleauthor.com/v/2ur

OBTENEZ UN LIVRE
GRATUIT DE VANESSA VALE !

Abonnez-vous à ma liste de diffusion pour être le premier à connaître les nouveautés, les livres gratuits, les promotions et autres informations de l'auteur.

livresromance.com

LIVRE GRATUIT DE RENEE ROSE

Abonnez-vous à la newsletter de Renee

Abonnez-vous à la newsletter de Renee pour recevoir livre gratuit, des scènes bonus gratuites et pour être averti·e de ses nouvelles parutions !

https://BookHip.com/QQAPBW

LISTE COMPLÈTE DES LIVRES DE VANESSA VALE EN FRANÇAIS:

http://vanessavaleauthor.com/v/pp

OUVRAGES DE RENEE ROSE PARUS EN FRANÇAIS

www.reneeroseromance.com/francaise/

Romance paranormale

Alpha Bad Boys

Les Ours Bad Boys

Les Dominateurs Alpha

Les Loups-Garous de Wall Street

Lycée Wolf Ridge

Le Ranch des Loups

Deux Marques

Romance et science-fiction

Maîtres Zandiens

Les Épouses Zandiennes

À PROPOS DE VANESSA VALE

Vanessa Vale est une auteure à succès présentée dans USA Today. Elle écrit des romans d'amour captivants mettant en scène des mauvais garçons qui ne se contentent pas de simplement tomber sous le charme de leur femme, ils succombent corps et âme à l'amour. Ses livres se sont vendus à plus d'un million d'exemplaires. Elle vit dans l'Ouest américain, c'est là qu'elle puise toujours l'inspiration pour ses romans à venir.

https://vanessavaleauthor.com

À PROPOS DE RENEE ROSE

RENEE ROSE, AUTEURE DE BEST-SELLERS D'APRÈS USA TODAY, adore les héros alpha dominants qui ne mâchent pas leurs mots ! Elle a vendu plus d'un million d'exemplaires de romans d'amour torrides, plus ou moins coquins (surtout plus). Ses livres ont figuré dans les catégories « Happily Ever After » et « Popsugar » de USA Today. Nommée *Meilleur nouvel auteur érotique* par Eroticon USA en 2013, elle a aussi remporté le prix d'*Auteur favori de science-fiction et d'anthologie* de Spunky and Sassy, celui de *Meilleur roman historique* de The Romance Reviews, et les prix de *Meilleur roman de science-fiction*, *Meilleur roman paranormal*, *Meilleur roman historique*, *Meilleur roman érotique*, *Meilleur roman avec jeux de régression*, *Couple favori* et *Auteur favori* de Spanking Romance Reviews. Elle a fait partie de la liste des meilleures ventes de USA Today cinq fois avec plusieurs anthologies.

Abonnez-vous à la newsletter de Renee pour

recevoir des scènes bonus gratuites et pour être averti·e de ses nouvelles parutions!

https://www.subscribepage.com/reneerosefr